KB133297

매일 하지 않아도 괜찮아
이까짓, 작심삼일

이까짓, 작심삼일

매일 하지 않아도 괜찮아

플라피나

결심은 하등 중요하지 않다

여러분에게 고마운 마음만 가득 담아서 이 책을 보냅니다. 이 책은 여러분이 있어서 나올 수 있었습니다. 제게 있어서 저의 트윗은, 자신에게 하고 싶은 말을 적는 곳이었습니다. 아니, 정확히는 제 안에 존재하는 하나의 초자아가 다른 미숙한 자아들을 타이르기 위한 말들입니다.

그런 혼잣말들을 읽어주시고 관심 주신 분들이 계셔서 정말로 감사하게 생각합니다. 아마 그분들도 저처럼 슬럼프의 중심에 있어서, 이를 극복하고자 무척 애쓰시는 중일 거예요. 그러나 최고의 희망은 최고 절망의 한가운데서 피어난다고 믿습니다. 내일의 나는 오늘의 나보다 더 나은 사람이 될 거라는 사실도요.

읽어주시는 독자분들이 있기에 작가도 존재할 수 있다고 생각해요. 계속 이렇게 관측해 주시면 저도 계속해서 존재할 수 있겠지요. 앞으로도 재미있게 읽어주시면 좋겠습니다. 그럼 무척 기쁠 거예요.

우리는 매일 작심삼일 합니다. 하지만 저는 결심하는 게 하등 중요하지 않다는 걸 말씀드리고 싶었어요. 한낱 결심보다는 작은 실천을 유지하는 것에서 변화가 시작됩니다. 작은 실천에 대한 트윗을 선별해 다듬은 다음, 5개의 분야로 나눠서 장식했습니다. 각각의 분야는 다음과 같아요.

- **루틴**: 일상의 지루함을 이겨내고 더 좋은 내일을 맞이하는 방법론입니다.
- **힘 배분**: 장거리 경주에 힘을 배분하고 스퍼트를 낼 타이밍을 알려줍니다.
- **문제해결**: 문제를 인식하는 것부터 해결까지 필요한 노하우를 담았습니다.
- **소프트웨어**: 인생의 운영체제(OS)가 되어줄 삶의 태도들에 관해 다룹니다.
- **커뮤니케이션**: 다른 사람들과 건설적인 관계를 유지하는 방법을 다룹니다.

순서에 얽매이지 않고 자신에게 필요한 글을 찾을 수 있길 바랍니다. 이제부터 존재할 말들을 잘 부탁드립니다. 관측해 주셔서. 정말로. 고맙습니다.

2021년 6월의 첫 번째 일요일에
플라피나 드림

차례

프롤로그 결심은 하등 중요하지 않다 — *004*

[**루틴**] 매일 지키겠다는 강박 버리기 — *010*

[**이터레이션**] 빨리 시작해서 물고 늘어져라 — *018*

[**컨셉**] 어떤 사람이 되고 싶은가? — *026*

[**ACBD**] 고민과 결정을 혼자 하지 말자 — *034*

[**애자일**] 애자일이 대체 뭔데? 꼭 알아야 해요? — *040*

[**딜사이클**] 루틴을 조합하고 시너지 발견하기 — *052*

[**뽀모도로**] 스파게티 이름 아닙니다 — *060*

[**동적학습**] 뇌를 속이는 학습법 — *068*

[**기본값**] 튜닝의 끝은 순정 디폴트 — *076*

[**진검승부**] 당신이 생각하는 진검승부란 무엇입니까? — *082*

[**자책**] 구질구질한 삶 너무 우울해요 갓생 살고 싶어요 — *092*

[**스킬트리**] SSS급 스킬을 찍어야 커리어가 산다 — *100*

[경계] 선 긋기의 핵심은 타이밍 — *108*

[메타인지] 나에 대해 알아야 하는 이유 — *116*

[강화학습] 알파고도 했다는 전설의 학습법 — *126*

[자기소개서] 루틴으로 쌓아올린 나를 PR하기 — *134*

[보상] 게임 업계 종사자들의 보상에 관한 대담 — *154*

[도파민] 고3 때 놀면 왜 재미있을까? — *166*

[인지부조화] 이상만 높고 현실은 시궁창일 때 — *176*

[열정] 마음에 안 들면 망쳐버리는 게 열정?! — *182*

[재능] 사람마다 어울리는 재능이 다르다 — *190*

[의사결정] 무엇을 포기할 것인가 — *198*

에필로그 나를 가꾸는 힘: 좋아하는 마음 — *206*

용어 해설 — *214*

찾아보기 — *215*

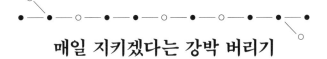

매일 지키겠다는 강박 버리기

하루도 빼놓지 않고 매일 하겠다는 강박은 스트레스의 원인이 되며, 며칠을 연속해 빠졌을 때 결국 영구히 그만두게 만드는 원인이 됩니다. 매일 하지 않아도 괜찮습니다. 중요한 것은 그만두지 않는 것입니다.

스물한 살인데 남들보다 이룬 것이 없어 불안하다는 고민을 상담해 준 적이 있어요. 스물한 살이시면 이룬 게 없는 주변 사람들도 엄청 많아요. 저도 스물한 살에 한 거 없었는데요 뭐…. 그리고 제가 보니까 다들 바쁜 척하는 거에 특화되어서, 실제로 바쁘지 않아도 바쁜 척하면서 능력주의 자기 전시에 열심이에요.

"내가 이렇게 열심히 산다" 같은? 그런데 그런 사람들이 실제로는 개털이라고요. 저는 '바쁜 척하는 사람'이 되지 않으려고 정말 노력해요. 능력주의 자기 전시를 통해 받은 보상에 취해버리면, 나중에도 '정말로 바쁜 사람'이 되지 못하고 '바쁜 척하는 사람'이 되어버리기 때문이에요.

스물한 살이면 아직 어리다고 생각해요. 조급해하지 마시고 평소의 루틴이 있는지부터 점검해 보세요. 뭔가를 하고 말고가 중요한 게 아니에요. 자신의 루틴이 있고 그걸 지키고 있는가가 중요하죠. 그러면 루틴이 쌓아올린 일상들이 모여서 나중에는 대단한 뭔가가 됩니다.

개인적으로 저는 어릴 때 필사 안 한 게 너무 후회돼요. 나이 들어서는 필사하고 싶어도 못 해요. 시간이 없어서요…. 만약 본인이 시간은 많은데 뭘 해야 할지 모르겠다면, 그냥 좋아하는 책 몇 권 붙들고 독파하신 다음, 좋았던 구절들 필사하시는 걸로 여분의 시간을 유용하게 써보세요.

그 노트가 한 장 한 장 쌓여서, 한 권이 되고 두 권이 되면, 자신감이 엄청 붙으실 거예요. 왜냐하면 그 노트는 이제 우리 눈앞에 실재하니까요. 정말로 존재하는 보물 노트가 생겼으니까요. 자신감은 성취에서 나와요.

루틴을 만들고 싶다면

① 루틴이 있는지 점검하고 쌓아올리기.

② 만약 없다면 이제부터 루틴을 찾기 위해 계획하고 노력하기.

③ 뭘 해야 할지는 스스로 찾되,

④ 만약 그것도 정 없다면 필사로 시작하기.

⑤ 책을 독파하고 좋았던 구절들을 필사하면서

⑥ 작은 일상을 쌓아올리기.

루틴을 오래 유지하려면

한번 만든 루틴을 오래 유지하려면 3중으로 방어막

을 치면 됩니다. 일단은 매일 하고, 매일 못 해도 주말마다 하고, 주말마다 못해도 특정 이벤트가 일어날 때마다 하세요. 그러면 리듬이 다시 돌아와요. 루틴을 실천할 때 중요한 것은 그만두지 않는 것임을 명심하세요. 중도 포기를 피하는 것이 우승을 목표하는 것보다 중요한 것 같아요. 포기하면 그 순간 경기 종료예요. 마지막까지 포기하지 말아요.

루틴(Routine)이란?

이상적인 상태를 유지하기 위해 스스로 규칙을 정해서 실천하는 자신과의 약속을 뜻한다. 가장 최상의 루틴은 승리를 패턴화한 루틴이다. 루틴대로만 하면 승리가 따라오니, 그 루틴은 애용될 수밖에 없다.

결론. 루틴은 배신하지 않는다. 착실하게 노력한다면 반드시 성공이란 고지를 밟게 되어 있다. 지름길과 요행을 피해 가는 느린 성공이 가장 확실하면서도 빠른

길이다. 반면에 노력 없이 빠른 성공을 바라는 사람들은 날로 먹는 것만 생각하고 쉽게 포기한다. 그래놓고 실패하면 남 탓하기 바쁘다.

Outtro – 루틴 지키는 법

① 일단 매일 한다.
② 매일 잘 안 되더라도 주말마다 한다.
③ 주말에 잘 안 되더라도 특정 이벤트가 일어날 때마다 한다.

가령 학교에서 공부했던 내용들을 회고하는 루틴을 짠다고 칩시다. ① 매일매일 회고하고 ② 주말마다 회고하고 ③ 중간고사 기말고사를 치를 때마다 회고하는 루틴을 짜세요.

위 세 단계를 잘 지속하고 있다면, 아래 ④에서 ⑦을 시도해 보세요.

④ 금방 달성할 수 있는 쉬운 단기 목표를 설정한다.

⑤ 단기 목표를 달성할 때마다 자신에게 상을 준다.

⑥ 달성하기 어려운 목표를 장기 목표로 설정한다.

⑦ 장기 목표는 최소 1년을 생각하고 짠다.

단기 목표를 낮게 잡고 자신과의 약속에 익숙해집시다. 그다음 장기 목표를 높이 잡아야 유지하기 쉽습니다.

매일의 루틴을 전부 지키겠다는 강박으로 시작하지 마세요. 어쩌다 하루 실패했다고 지금까지의 노력이 수포로 돌아가지 않습니다. ① 매일 하지 않아도 괜찮습니다. ② 주말부터 다시 시작하면 됩니다. ③ 그래도 안 된다면 이벤트 기간마다 마음을 다시 잡아봅니다. 중요한 것은 그만두지 않는 것입니다.

빨리 시작해서 물고 늘어져라

신입이 업계에서 살아남고 성장하기 위해서는 단기 비전이 중요합니다. ① 실행(Execute): 멀리 보는 것은 금물입니다. 극단적인 실행주의자가 됩시다. ② 반복(Iterate): '실행 후 평가' 루프를 반복하는 걸 '이터레이션'이라 합니다. ③ 강화(Reinforce): '이터레이션'에서 결과가 괜찮았던 실행이 있다면 더 자주 실행합시다. 바로 강화학습이죠!

가장 처음 세웠던 계획은 일곱 살 여름방학에 세운 방학 계획표였어요. 이 계획은 내가 세우고 싶어서 세운 계획은 아니고, 그저 어른들이 시켜서 억지로 지어낸 가짜 계획이었죠. 그렇게 거짓말로 시작된 계획은 이후로도 쭉 재미없는 숙제네요. 항상 어그러지는 계획에서 어떤 성취감도 느낄 수 없었거든요.

우리는 계획을 마지못해 세웁니다. 누군가가 시켜서, 혹은 제대로 살아야겠다는 의무감에. 억지 계획을 세우면서도 사실은, 계획 따위 세우지 않고도 멋지게 살 수 있기를 희망합니다. 무엇이든 척척 해내는 삶을 살 수 있다면 얼마나 좋을까요. 마치 천재 작가가 한 방에 써낸 소설처럼 그렇게 말이에요.

하지만 생각해 봤어요. 아무리 천재 작가라도 한 방에 멋진 소설을 써낼 순 없더라고요. 우선 큰 그림과 결말을 구상해야죠. 중간에 어떤 전개가 들어가서 기승전결을 선보일지도 생각하고요. 각 챕터의 내용을 요약한 개요를 작성해 보기도 합니다. 주변 사람들과 회의도 필요합니다. 이 모든 것이 소설을 쓰는 계획의 일부니까요.

그렇다면 계획이란 무엇일까요? 계획은 어떤 문제를 해결하기 위한 하나 이상의 해법을 말해요. 계획을 세우려면 문제부터 정의해야 합니다. 문제는 아래와 같은 것들을 뜻하는데요. ① 핸드폰이 갑자기 안 되는 문제가 일어날 수 있죠. ② 점심 메뉴 고민도 문제의 일종이고요. ③ 방학 계획표를 세우는 문제일 수도 있겠네요.

[계획과 시뮬레이션]

문제	문제 의뢰인	머릿속으로 그려본 계획
① 핸드폰이 안 된다	나 (핸드폰 주인)	ㄱ) 핸드폰 대리점에서 수리 의뢰해 볼까? ㄴ) 삼성 핸드폰이니까 삼성 서비스 센터에 갈까?
② 오늘 점심 뭐 먹지?	같이 먹을 사람들	ㄱ) 회사 근처 냉면집 어때요? ㄴ) 날도 추운데 웬 냉면? 뜨끈한 국 밥 드시죠. ㄷ) 추운데 나가지 말고 배달이나 시 켜 드시죠?
③ 방학 계획표 세우기	학교 선생님	ㄱ) 방학 첫날부터 계획대로 진지하 게 살아볼까…. ㄴ) 개학이 내일인데 뭔 놈의 계획? 대충 채우자!

① 핸드폰이나 ② 점심 메뉴 같은 문제는 문제해결이 쉬워요. 어째서? 계획을 세운 즉시 실천에 옮길 수 있기 때문이죠. 가령 다함께 냉면집을 가기로 했는데, 도

착해 보니 냉면집이 문을 닫았단 걸 알게 됐다면? 그럴 땐 바로 옆 국밥집으로 가면 문제가 해결됩니다. 점심 메뉴 같은 고민은 문제해결이 쉽고 빠릅니다.

반면에 ③방학 계획표는 문제해결이 어려워요. 어째서? 계획을 세우고 곧바로 실행하기 힘들기 때문입니다. 쓸모 있는 계획과 쓸모없는 계획의 가장 큰 차이는 계획을 세우고 실행까지 걸리는 시간에서 와요. 학교에서는 방학 계획표를 잘 썼는지 검사만 할 뿐, 실제 실행으로 옮기는 방법까지는 가르쳐 주지 않죠. 이런 허술한 디테일에서 주입식 교육의 허와 실이 보여요.

자기계발을 해야겠다고 마음먹었으면 지금 당장 시작해야 해요. 실행하면서 배우는 게 있기 때문이죠. 하지만 시작부터 가로막는 온갖 핑계들이 있는데요, 이것들을 '현상유지 편향'이라고 합니다. 실행을 하면 실행한 상태를 유지하려 하고, 실행을 안 한 상태면 실행 안 한 상태를 유지하려고 합니다. 시작이 반이에요.

협업 중에 제안을 할 때도 비슷합니다. 팀원이 변화를 제안하면 토 달고 싶은 마음이 굴뚝 같아요. 현상유지 편향이 작동하고 있는 거죠. 그런 마음을 억누르고 닥치고 실행해야 해요. 시작하기 힘들 땐 작게 시작하는 게 중요하고요. 작게 시작해 보고 결과물을 내놓은 뒤, 도입 여부를 결정하는 게 효과적입니다.

더 많은 사람들이 '실행의 즐거움'을 누렸으면 해요. 하지 않던 짓을 뭐라도 해보면 확실히 달라져요. 달라지지 않을 수도 있겠지만 그땐 또 다른 방법으로 갈아타면 그만입니다. 결정을 빨리하라는 건 아니에요. 결정은 느려도 괜찮아요. 실행이 빨라야 해요. "해보니까 달라졌어요"란 말이 세상에 가득하면 좋겠어요.

이터레이션(Iteration)이란?

'실행 후 평가' 루프를 반복하는 걸 말한다. (점진적 개선)

결론. 비전을 짧게 가져라. '실행 후 평가' 루프를 짧게 해서 반복하라.

Outtro

계획을 잘 세우려면 문제부터 명확하게 정의해야 합니다. 방학 계획표가 우리에게 큰 의미가 없는 이유는 방학 계획표 그 자체가 문제이기 때문입니다. 방학 계획표는 그 어떤 문제도 해결해 주지 않습니다. 학교에서 시켜서 억지로 하는 것일 뿐, 문제를 제대로 정의하지 않았기 때문에 배울 수 있는 것이 없습니다.

세상에서 계획을 세우고 싶어서 세우는 사람은 아마 없을 것입니다. 이렇게 나태하게 살면 뭔가 큰일이 날 거 같으니까, 스스로를 닦달해서 마지못해 세우는 것이 계획입니다. 하지만 괜찮습니다. 여러분이 나쁜 것이 아니니까요. 계획을 제대로 가르치지 못하고, 방학 계획표 같은 걸로 가르친 한국 교육의 잘못입니다.

어떤 사람이 되고 싶은가?

'어떤 사람이 되고 싶은가?' 인격 계발의 핵심을 꿰뚫는 중요한 질문입니다. 인간이라면 누구나 남들에게 인정받고 싶다는 욕망이 있습니다. 보통은 인격 계발의 목표를 '어떤 조직에 들어가는 것'으로 설정하고, 유능한 조직에 소속되어 사람들에게 인정받고 싶어 하지만, 이는 인격 계발과 거리가 멉니다.

게임 개발에서 컨셉이 중요한 이유는 셀 수도 없지만, 여기서는 두 가지만 언급하겠습니다. 첫째는 컨셉이 게임의 첫인상을 결정하고 특유의 분위기를 창조하며, 둘째는 컨셉이 게임 개발의 비전을 구체화함으로써 개발에서의 커뮤니케이션을 대단히 효율적으로 만들기 때문입니다.

①게임 플레이를 시작하자마자 유저는 즉각적으로 게임에 흐르는 분위기를 '감지'합니다. 밝은지 어두운

지, 환상적인지 현실적인지, 친절한지 불친절한지 같은 여러 요인들을 발견하고 평가하면서 차츰 게임 속으로 빠져들죠. 첫인상은 플레이를 시작하기도 전에 결정되며, 컨셉이 중요한 역할을 합니다.

②게임 개발은 매우 복잡하면서 단순하고, 논리적이면서 감각적인 과정이며, 여러 생각과 느낌들이 다발적으로 얽혀 들어가기 때문에 개발자 간 커뮤니케이션이 극도로 어렵습니다. 팀장은 하나의 목표를 세우고 모두에게 이를 공유해야 하는데, 만약 컨셉이 명확하다면 쉽고 빠른 커뮤니케이션이 가능합니다.

당신에겐 컨셉이 있습니까? 큰 발표회장에서 어색함을 지우고 당당하게 말하려면 뛰어난 연기력이 필요합니다. 컨셉이 있는 사람은 자신만의 역할에 몰입해서 연기할 수 있습니다. 하지만 연기를 포기하고 평소 모습을 그대로 내보이는 경우, 괴리감과 어색함이 발표회장에 자리한 모두에게 여과 없이 전달됩니다.

무대에 선 아이돌이 보여주고 싶고 또 보여주려는 것은 팬들의 가슴 속 환상의 현계화입니다. BTS는 자신들이 데뷔한 순간, 새로운 자신을 찾아낼 수 있었다고 술회했습니다. 평소에도 꾸밈없는 모습을 보여주는 그들이지만, 무대에 선 순간 진정 팬들이 바라는 사람이 됩니다. 이는 캐릭터 빌드업의 한 예시입니다.

인격이 계발되는 과정에서 주변의 기대로부터 자유로울 수 없음을 깨달아야 합니다. 이렇게 형성된 인격을 페르소나라 합니다. 스스로 컨셉을 명확히 하지 못한 경우, 부지불식간에 타인이 원하는 모습을 연기할 수밖에 없으며, 나이테처럼 흔적이 남습니다. 이를 통제하려거든 자기 주도적인 캐릭터 빌드업이 필요합니다.

이윽고 사회경험이 많아지면서 적합한 역할을 연기할 수 있게 되면 페르소나를 다중 운용할 수 있게 됩니다. 하지만 그게 진정한 내가 아니라면서 솔직한 나를 표현하라 호도하는 말도 많습니다. 그렇다면 페르소나로 형성된 '나'는 진정한 '나'가 아닐까요? 그렇지 않습니다. 형성된 페르소나 또한 하나의 '나'입니다.

왜냐하면 사람마다 그럴 만한 이유가 있어서 페르소나를 형성한 것이기 때문이에요. 모든 상황에서 한결같길 바란다면 사회초년생에서 한 발짝도 나아가지 못합니다. 여러 페르소나를 동시에 가진다는 건 하나의 성장 증거이고, 페르소나들을 멀티플레이한다는 것이 곧 어른이 된다는 뜻이니까요.

세월이 흘러 언젠가, 가장 성공적이고 애착이 가는 인격 - 페르소나를 한 가지 찾아낼 수 있습니다. 이를 발견키 위해 필요한 것이 다양한 경험이며, 발견 과정에서 수많은 인격과 페르소나를 창조하고 말살하기를 반복합니다. 하나의 인격으로 설명될 수 있는 인간은 없습니다. 우리가 가진 모든 인격이 다중적입니다.

컨셉(Concept)이란?

컨셉은 정의가 굉장히 모호한 단어로, 콘텐츠 제작자가 관객에게 보여주고 싶은 '무언가'를 말한다. 좀 더 쉽게 설명하면, 행인을 그냥 지나칠 수 없게 만들고 잡아끄는 '캐치프레이즈'가 바로 컨셉이다.

결론. 자신만의 브랜드를 가지려면 캐릭터 빌드업이 필요하다. 내 안의 다양한 나를 인정하고 필요한 인격을 선택해서 계발하라. 단, 타의적으로 하지 말고 주도적으로 하라.

Outtro

과거의 저는 "난 착하다. 나는 착하다. 그러니까 항상 남들을 도와야 한다" 이러면서 위선자로 살았다면, 현재의 저는 "나는 위선자다. 난 위선자다. 하지만 남들이 날 착하게 봐주기를…" 이렇게 바뀌었어요. (과거는 제가절 속이는 거고 현재는 제가 남을 속이는 건데, 전 진짜 제가 착한 줄 알았어요.)

부모님께 들었던 "착하다"라는 칭찬이 어린 시절의 제가 들을 수 있었던 유일한 칭찬이다 보니, 어느새 제 장점은 착한 것 말고는 아무것도 없다는 생각을 해버리게 되었네요(이제는 아님). "착하다"는 형용사를 자신에 대한 칭찬으로 받아들이지 마셨음 해요. 대신 기준치를 끌어올리세요.

지금에 와서는 선한 양심은 인간이라면 당연하게 갖춰야 하는 것이라고 생각하고 있어요. "착하다"는 표현은 훨씬 더 아껴야 할 표현이며 칭찬이라기보단 다른 의미의 길들이기 표현이라고 저는 생각해요. 부모가 어린이에게 "착하다"라고 칭찬한다는 건 선성 영역에 강화학습을 가속시키는 거라서요.

'착한 양심' 중에, 왠지 사람들은 '착함'에 더 포커스를 맞춘다는 느낌을 받아요. 실제로 누군가를 칭찬할 때 "넌 참 착하구나"라고 하지, "넌 참 양심적이구나"라고 하진 않잖아요. 하지만 전 '양심'에 더 포커스를 두고 싶네요. 착함은 페르소나에 속한 것이고 양심은 인간본성에 속한 것이니까요.

나약한 인간이 '착함'을 본성으로 가지려면 정말 타고나는 수밖에 없고, 대부분 착함은 외부 압력에 의한 페르소나 내부에서 가동되고 있어요. 여러분도 알아주셨음 해요. '착함'은 본성적인 게 아니며, 항상 '착한 딸', '착한 아들'이 될 필요 없다는 것을요. 힘들다면 잠시 내려놓아도 정말 괜찮아요.

고민과 결정을 혼자 하지 말자

ACBD(Always Consult Before Deciding). 어떤 결정을 내리더라도 항상 반드시 주변 사람과 상의하세요. 많은 사람에게 있는 고쳐야 할 나쁜 습관은, 모든 결정을 혼자서 내리는 거예요. 누구에게든 일방적으로 결정을 통보치 마세요.

고민되는 문제가 있을 때 항상 주변과 상담하라는 'Always Consult Before Deciding(ACBD)'이 좋은 이유는, 고민되는 문제를 이해하는 것이 중요하기 때문입니다. 문제를 이해했다는 인식도 사실은 혼자만의 망상인 경우가 많습니다. ACBD로 다른 사람에게 문제를 이해시키는 과정에서 그것이 드러납니다.

학습이론에서도 그런 말이 있죠. 어떤 개념을 모르는 사람에게 그 개념에 대해 잘 설명해서 이해시킬 수 있다면 당신은 그 개념을 완벽히 이해한 거라고요. 당신이 현재 겪고 있는 문제를 다른 사람에게 잘 설명할 수 없다면, 당신은 당신의 현 문제에 대해 제대로 이해하고 있지 못한 것입니다.

설명하고 이해시키는 데 성공했다면, 이제 그 문제를 어떻게 해결하고 싶은지 이야기할 차례입니다. 내가 왜 이렇게 하고 싶은지 설명하는 과정에서 감춰졌던 모순들이 드러납니다. (모순이야 인간에게 항상 존재하는 거니까요, 꼭 모든 모순을 해결하지 않아도 괜찮습니다. 하지만 알고는 있어야겠죠!)

ACBD의 중요한 점은, 모든 것을 결정하기 이전에 (Before) 상담하라는 것입니다. 결정을 혼자 끝내고 실행까지 시작해 버린 인간은, 인지부조화, 보상심리, 일반화 등등의 방어기제를 사용해 자신의 행동을 합리화하는 존재입니다. 그때 가서 뒤늦게 상담하면 방어적인 태도밖에는 보여줄 게 없어요.

저도 ACBD 잘하는 것처럼 말하지만, 진짜 어렵습니다. 난 항상 멋지고 스마트하고 싶은데 상담이라니! 머리로는 알지만 생각처럼 안 돼요. 그래도 ACBD를 해야 하는 이유는, 아무리 괜찮아 보이는 생각도 실제로 질문해 봐야 정말 좋은지 어떤지 확인할 수 있기 때문입니다. 질문해 보면 금방 드러납니다!

한편으로 타인의 ACBD를 유도해 내고 싶다면, 그 사람이 겪는 상황에 대해 공부하고 이해하고 공감해 주려고 노력하면 됩니다. 성공하면 타인의 현실 인식을 재확인해 줄 수 있고 그의 문제해결에 도움을 줄 수 있습니다. 반대로 지나친 참견은 ACBD 하고 싶은 마음을 위축시키므로 해결책을 제시할 땐 주의해야 합니다.

ACBD(결정하기 전에 의논하라)란?

'Always Consult Before Deciding'을 이니셜로 줄인 것이다. ACBD는 연애에서도 중요한데, 일방적인 통보만큼 연인의 마음을 부숴놓는 것은 없기 때문이다. 아무리 사소한 일이라도 의논하는 사람이 되어야, '무슨 일이 생기면 나와 의논하겠지' 같은 믿음을 주고 동반자 관계를 튼튼하게 만든다.

결론. 살다 보면 막히는 순간이 온다. 그럴 때마다 주변과 의논하자. 문제에 대해 의논하고 주변을 이해시킬 수 있다면, 그 과정에서 돌파구는 찾아지기 마련이다.

Outtro

고민 상담은 그냥 듣기만 해도 됩니다. 왜 도움을 주려고 하죠? 들어주기만 해도 충분히 도움됩니다. 왜냐하면 답은 자기 안에 있거든요. 그 답을 꺼내려면 누군가 들어주면 됩니다. 들어주기만 하면 그게 최대의 도움입니다. 심지어 "어떡하지?" 물어봐도 도움주지 마세

요. "어떡하지"라는 질문도 답을 구하는 게 아닐 확률이 30%는 됩니다.

어떡하지를 세 번은 물어봐야 30＋30＋40이 모여서 아 이제 정말 도와주면 되겠구나 하는 확신이 생기고 그때 같이 대응책을 고민해 주면 됩니다. 그러니까 누가 이제 어떡하지 물어봐도 바로 답을 주지 마세요. 그리고 좋은 답은 거저 주어지지 않습니다. 같은 질문을 최소 세 번은 해봐야 좋은 답이 나오는 법입니다.

만약에 고민 상담을 정말 잘하는 사람이 되고 싶다면, 내담자가 자신의 사연을 막힘없이 이야기할 수 있도록 질문을 잘하면 됩니다. 중요 키워드가 나오면 강한 공감을 표현한 다음 키워드에 대한 새로운 질문을 제시하면서 주의를 계속 환기시키세요. 내담자는 화제를 이어나가면서 스스로 답을 찾아낼 거예요.

애자일이 대체 뭔데?
꼭 알아야 해요?

열정적인 사람들의 특징은 기꺼이 자신을 위험에 노출한다는 것입니다. 별과 같이 빛나지만, 자주 실패합니다. 수시로 좌절합니다. 하지만 빠르게 일어남으로써 성장합니다. 반면에 쿨병에 걸린 사람들은 안전한 옥상에 숨어서 물총이나 갈깁니다. 그들은 논쟁만 일삼을 뿐, 어떠한 실용적 결론도 내놓지 못합니다.

우리가 보통 공동의 목표를 세울 때는 탑다운(Top Down)으로 합니다. 탑다운이란 누구 한 명이 키를 잡고 "넌 이거 해. 넌 저거 하고, 난 이거 할게. 그리고 우리 모두가 자기 일을 잘해오면 우리 조별과제는 A+가 확실해!" 같은 식으로 계획하는 것을 말합니다. 하지만 탑다운의 단점은 굉장히 많아요.

①입안자가 해온 설계가 잘못될 수 있고.
②설계는 잘했는데 실제로 실행하는 과정이 잘못될

수 있고.

③설계랑 이행 둘 다 잘했는데 시장상황이 변해서
잘못될 수 있고.

④감정 간극이 심해지거나 타이밍을 놓쳐서 팀 협력
이 깨지기도 하고.

탑다운의 반대말은 바텀업(Bottom Up)입니다. 그
리고 애자일은, 바텀업을 보다 세련되게 하는 법을 말
합니다. 애자일은 관리자들에게 특히 인기 있는 소프
트웨어 개발기법*의 하나로, 상당히 복잡한 개념을 포
함하고 있으나 최대한 일반화해서 간단하게 설명하면
"①남의 업무 참견하지 않기 ②각자 자기 업무에 최선
을 다하기 ③자기 상황 제때 공유해 주기"라고 요약할
수 있겠습니다.

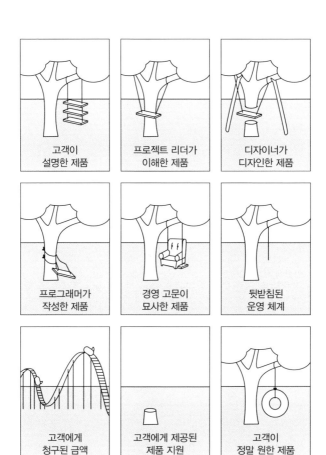

[애자일 그네]

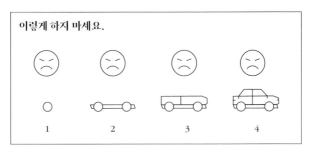

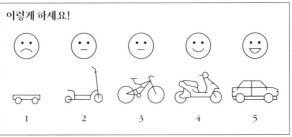

[MVP 이터레이션]

애자일에 대해 설명할 때 유용한 두 장의 그림입니다. 43쪽 그림은 애자일 그네라고 하며, 44쪽 그림은 MVP 이터레이션을 의미합니다. 애자일의 핵심 사상은 "자기주도적인 팀이 명확하게 정의된 공동 목표를 향해 나간다"입니다. 애자일 그네는 공동 목표를 명확하게 정의하는 것이 얼마나 어려운가를 보여줍니다.

MVP(Minimum Viable Product, 최소기능제품)는 린 스타트업*의 하위 개념 중 하나입니다. MVP의 목적은 개발 기간을 설정하고 이터레이션(실행 후 평가)을 반복, 제품을 순차적으로 개선하는 것입니다. 왼쪽 그림에서 스케이트 보드는 최소한의 주행기능만 갖춘 제품이므로 최소기능제품인 셈입니다.

만약 비용을 아끼려고 한 번에 자동차를 만들려고 하면, 방금 언급했던 ①설계 실패 ②실행 실패 ③시장

격변 ④ 타이밍 실패 같은 실수들이 동시다발적으로 일어나서 비용 누수로 이어집니다. 그럴 바에는 차라리 스케이트 보드 → 킥보드 → 자전거 → 오토바이 → 자동차 순으로 만들자는 거죠. 손이 많이 가는 한이 있어도요.

대부분의 비용 누수는 "공동 목표가 명확하게 정의되지 않았기 때문에" 발생합니다. 그래서 작은 스케이트 보드(시제품)부터 만들어보면서 공동 목표의 비전을 일치시키려고 노력하면, 나중에 자동차(본제품)를 만들 때는 비용 누수를 크게 줄인 상태로 임할 수 있어서 결과적으로 돈과 시간이 절약됩니다.

컨텍스트의 공유는 이 정도로 하고, 다시 한번 애자일이 무엇인지 정의하겠습니다. 애자일은 팀에 쓰이는 협업 방법론으로, 탑다운 모델(폭포수 모델)의 반대를 지향하는 모델을 말합니다. 예를 들어 탑다운 모델은 "우리 다 함께 대청소를 해보자!"이고, 애자일은 "나 지금 내 방 청소하는 중인데 대청소할 의향도 있으니까, 같이 할 거면 알려줘"입니다. 다른 좋은 예로 LOL이라면, 탑다운 오더는 "야 용 싸움하자!"이며, 애자일 오더는 "나 탑솔인데 용 싸움 준비됐다?"입니다.

애자일 개발 과정에서 필요한 것은 시행착오를 통해 서로의 기대치를 조정하고 조율하는 것입니다. '①남의 일 참견하지 않기 ②각자 자기 일 최선 다하기 ③자기 상황 제때 공유해 주기'가, LOL의 망겜에서는 '①남의 일 참견함 ②각자 자기 일 똑바로 안 함 ③자기 상황 똑바로 공유 안 함'이 됩니다.

자기주도적인 팀원이 없으면 애자일은 돌아가지 않습니다. 자기 1인분 딱 하면서, 갑작스런 불이 났을 때

적당히 소방수 역할을 해줄 수 있는 사람이 애자일에 적합합니다. 너무 주도적이면 문제일까요? 네, 문제입니다. 3인분 이상 하면서 하이퍼 캐리 가능한 사람은 애자일보다 탑다운에 적합하지요.

애자일의 장점은 세 가지입니다. 첫째, MVP를 통해 첫 실패점을 빠르게 확인할 수 있습니다. 둘째, 개선의 방향을 지도부만 고민하는 게 아닌, 모두가 함께 고민하고 실행할 수 있습니다. 셋째, 모두에게 분배된 권한과 책임 하에 피드백을 빠르게 실시합니다. 결국 이 모두가 제품 개선으로 이어집니다.

애자일의 난관도 세 가지입니다. 첫째, 내 일이 순조롭게 망해가는 중이면 공유하기 참 어렵습니다. 둘째, 팀장 지위를 가진 사람이 지위를 남용하는 경우가 발생합니다. 셋째, 누구나 캐리 근성이 있어서 3인분 이상의 역할을 욕심냅니다. 애자일을 망치기 딱 좋은 함정들입니다. 자기관리가 중요합니다.

따라서 애자일에 필요한 것은 팀을 위해 개인적인 선호와 욕심을 버리고, 순차적으로 완성해 나가는 것입니다. 각자 자기 일에 최선을 다하면서, 팀원도 최선을 다하리라 믿고 신뢰해야 합니다. 관리자는 팀원과 자주 면담해서 팀의 공동 목표를 명확하게 공유하는 데 힘씁니다. 그게 바로 애자일입니다.

애자일(Agile)이란?

'자기주도적인 팀이 명확하게 정의된 공동 목표를 향해 나간다'는 애자일의 핵심 사상이다. 애자일은 결국 구성원에게 권한과 책임을 허용하여, 주도적으로 협업(co-working)하는 것을 말한다. 기계처럼 일하지 않는다. 나아갈 방향을 스스로 결정한다. 그것이 주도적으로 일한다는 것이다.

(컴퓨터 프로그래밍 분야에서 자주 사용하는 용어이다.)

결론. 남의 일에 참견 말고 자기 일에 충실하라. 가볍게 실행하고 끊임없이 실패하라. 실패해도 바로 일어나서 개선을 반복하라. 실패 이후의 실태는, 당신이 실패를 어떻게 받아들일지에 달렸다.

Outtro

세상을 바꾸는 건 말이 아니라 행동입니다. 조별 과제하면서 제가 보니까, 실행하기 전에는 누구보다 열정적으로 부르짖던 조원들이 막상 과제를 시작하면 노느라 바쁘더군요. 그럴 때의 호언장담은 오히려 사람들을 속이는 소도구죠. 협조적인 신호만 보내고 실제로는 협조적으로 행동하지 않는 사람들이 너무나도 많습니다.

그러니까 행동하세요. 행동하고 있다면 그런 사람들을 비판하는 데 거리낌이 없어집니다. 하지만 본인도 말 뿐이라면… 아무 말도 않는 게 진짜 행동하는 분들께 도움이 됩니다. 말 때문에 교란이 생겨요. 행동하지 않는 말들 때문에요. 굿즈 수요 예측할 때 거짓말로 창작자에게 피해 주는 인간들처럼요.

행동하지 않을 거면, 그냥 조용히 있는 게 나아요. 하지만 그렇다고 또 조용히 행동하지 않는 사람들을 탓하진 마세요. 내면의 분노를 남에게 투사하는 방식으로 스스로에게 면죄부를 주지 마셨음 좋겠어요. 남이야 하든 말든, 더 이상의 비교는 멈추고 자신의 일부터 신경 씁시다!

루틴을 조합하고 시너지 발견하기

일본의 소설가 무라카미 하루키는 소설 집필, 번역을 번갈아 하면서 워라밸의 최적점을 발견했습니다. 게임처럼 설명하면 집필에는 '마나1'을 사용하고 번역에는 '마나2'를 사용하는데, 마나1을 쓸 때마다 마나2 재생이 빨라지고 마나2를 쓸 때마다 마나1 재생이 빨라지는 구조임을 발견한 거죠. 마나의 원천을 순환시켜 줄 취미가 필요합니다.

이제부터 서로 다른 두 종류의 작업을 번갈아 착수하는 걸 딜사이클이라고 부르기로 합시다. 딜사이클은 게임의 한 직업에서 최고 DPS*를 뽑아내는 최적화된 스킬 사용 순서를 말합니다. 마법사가 대미지가 센 스킬이라고 해서 그것만 남발하다가는, 마나가 금방 소진되어서 아무 스킬도 사용할 수 없고 지팡이로 직접 때려야 하는 상황이 올 수 있기 때문이죠.

마법사가 지팡이로 때리러 간다는 건 그만큼 마나 운용을 잘못했단 뜻입니다. 마법사가 마법을 써야지, 근접전을 왜 하냔 말이에요. 마나 잔량을 소진시키지 않고 일정 수준으로 관리하면서, 필요한 스킬을 제때 운용할 수 있어야 "법사님 딜 좀 쎄시네요?" 같은 칭찬을 들을 수 있습니다. 딜사이클은 그만큼 중요합니다.

마나 관리 비법을 쉽게 풀면 두 가지로 요약됩니다. ①첫째는 나만의 루틴을 설계하는 것입니다. 일이 잘 될 때도 도중에 끊을 줄 알고, 거꾸로 일이 안 될 때에도 모질게 시작할 줄 아는 것입니다. ②둘째가 딜사이클을 정립하는 건데, 상술한 루틴을 상황에 맞게 번갈아 가며 돌려서 뇌가 지루하지 않게 해줘야 합니다.

멘탈도 딜사이클과 비슷함을 느꼈습니다. 좋은 멘탈을 먼저 정의해 봤는데, 세 가지 결론이 도출됐습니다.

①명랑함: 바닥으로 떨어진 후에도 지금의 상태가 오래가지 않음을 아는 것. ②지혜: 나쁜 상황에서 벗어나기 위해 다양한 방법으로 기분을 전환하는 것. ③배려: 동료의 고통을 격려하며 함께 이겨내는 것.

명랑함

바닥으로 떨어진다는 것은 혼자 힘만으로는 불가능합니다. 외부에서 나쁜 사고가 닥쳐 휘말려서 떨어지는 경우가 대부분입니다. 빨리 벗어나려고 폭딜*을 하다가 번아웃 와서 나가떨어지게 되는데, 이를 예방하기 위해 딜사이클이 유용합니다. 강약중강약으로 리듬을 타면서 때려야 역경도 부숴지는 것 같거든요.

지혜

힘든 상황을 벗어나려면 기분 전환이 중요함도 알아주면 좋겠습니다. 인간은 문제를 마주하면 그것을 해결할 생각에 몰두하다 보니, 다른 중요한 것들을 잊어버리고 피폐해지는 경향이 있습니다. 하지만 일상을 유지시켜주는 루틴들을 여전히 딜사이클 안에 포함시켜야 문제도 더 빨리, 잘 해결할 수 있답니다.

배려

마지막으로 인간관계입니다. 힘든 상황에서 가장 크게 시험받는 것이 도덕성과 인간관계인데, 이것들을 포기하기 시작하면 다른 영역에서도 걷잡을 수 없이 무너지며, 나중에 상황이 해결되어도 전처럼 돌아가지 못합니다. 행복한 가정은 평범하게 행복하지만, 힘든 가정은 각자의 사정으로 힘들기 때문입니다.

자신만의 승리 공식을 발견하고 유지해야 합니다. 딜사이클도 그중 하나입니다. 웅크려서 버티다 보면 반드시 나아지리란 걸 믿든가, 당면한 문제를 잊게 해주는 다른 일에 몰두한다든가, 내 코가 석 자인데 남을 돕는다든가 하는 일들이, 일상을 더욱 일상답게 해주고 위기로부터 빠져나오도록 해주는 구원이 됩니다.

딜사이클(Deal Cycle)이란?

최고 DPS*를 뽑아주는 최적의 스킬 사용 순서를 말한다. 순서에 맞게 스킬을 정확히 사용했을 때, 아무렇게나 스킬을 사용하는 것에 비해 훨씬 많은 대미지를 뽑아낼 수 있다. 딜사이클이 특히 부각되는 것은 동일 직업군의 다른 플레이어와 동일 조건에서 플레이했음에도, 적에게 입힌 누적 대미지 양이 크게 차이나는 경우다. 딜사이클을 제대로 운용하지 못하는 경우, 고수의 딜사이클을 보고 배워야 한다.

결론. 힘든 순간이 닥치면 마음이 급해진다. 그럴 때일수록 딜사이클을 유지하면서 생존하자. 자포자기는 금물이다. 일탈하고 싶은 마음을 억제하고 일상을 유지하자. 좋은 멘탈을 유지한다면 위기는 반드시 물러간다.

Outtro

'멀티 루틴'이 뭐냐고 지인이 물어보기에 답변해줬더니, "어떻게 인생을 그렇게 프로젝트처럼 살아요"라고 욕해서 빵 터졌네요. 오늘은 제가 돌렸던 '멀티 루틴'에 대해 소개해 드릴게요. 메모로 꽉 찬 노트 한 권을 만들기 위해 돌린 루틴들이 있는데, 여러 루틴들을 조합했기에 '멀티'를 붙였어요.

첫째는 가장 기본이 되는 루틴이에요. 기본적으로 떠오르는 좋은 아이디어는 매일매일 메모하려고 노력했어요. 하지만 ①생각처럼 잘 안됐다 → ②하지 못한 이유로는 여러 가지 핑계거리가 많았다 → ③루틴이 깨지고 결국 하지 않게 되었다. (만약 싱글 루틴이었다면 이 흐름을 따라갔겠죠.)

저는 이걸 두 번째 루틴으로 극복했는데요. 당장 메모하기 힘든 것들을 일단 핸드폰에 메모해 둬요. 그리고 일요일 저녁마다 좋아하는 카페에 가서 맛있는 다과를 시킨 다음, 메모장을 펼치고 느긋하게 시간을 가지면서 핸드폰에 쌓인 메모들을 지워나갔어요. 전부 지우고 나서야 카페를 나섰어요.

세 번째 루틴은 책을 읽을 때마다 좋았던 부분들을 정리하는 거였어요. 제가 다독하는 편이라, 읽기만 하고 쓰지 않으면 나중에 읽은 내용이 하나도 기억나지 않는다는 걸 깨달았거든요. 그래서 책을 읽을 때마다 좋았던 구절을 사진으로 찍고 메모하려고 신경 썼어요.

싱글 루틴으로 메모를 하려고 했다면 지속적으로 꾸준히 메모를 하지는 못했겠단 생각이 들어요. 1-2-3 루틴을 합쳐서 저만의 독특한 리듬을 만든 게 메모 루틴을 유지하는데 큰 도움이 됐어요.

루틴을 잘 돌리는 사람도 피해갈 수 없는 재앙이 있죠. 바로 슬럼프(루틴을 반복해도 기량이 나아지지 않는 현상)예요. 저는 매일 돌리는 루틴과 주간 단위로 돌리는 루틴, 그리고 비정기적으로 돌리는 루틴을 믹스해서 슬럼프를 극복했어요. 이걸 저는 '멀티 루틴'이라고 부르고 있답니다.

스파게티 이름 아닙니다

무기력을 극복하는 여러 방법들이 있죠.

①청소, 빨래, 이불 개기, 요리, 베이킹, 장보기

②주기적인 산책과 운동 혹은 스트레칭하기

③책 독파 타임어택하기 (뽀모도로 활용)

④친구를 만나 두세 시간이고 이야기하기

⑤가까운 영어회화반에 등록하고 나가기

이거 말고도 많을 것 같아요. 당장 떠오른 것들만?

뽀모도로란 고도의 집중력을 끌어내는 일종의 시간 관리 방법론으로, 25분 무언가에 집중하고 5분 쉬는 것을 네 차례 반복하는 것을 말합니다. 그리고 네 번째 휴식시간은 특별히 30분을 쉽니다. 그리고 여기서 25분 집중하는 것을 1뽀모라는 단위로 재는데, 하루에 8뽀모 정도 수행하는 것이 보통입니다.

인간이 25분 동안 무언가에 집중한다는 것은 얼핏

듣기에는 쉬워 보이지만, 사실은 대단히 어렵습니다. 사실 우리가 미동도 않고 장시간 집중하는 일은 시험 치를 때 말고는 좀처럼 없거든요. 인간은 정말 산만합니다. 일이나 공부를 하다가도 물 마셔야지, 핸드폰 봐야지, 기지개도 켜야지, 화장실도 가야지….

뽀모도로가 강점을 발휘하는 순간은 어떤 일에 자율적으로 집중하는 경우입니다. 우리의 뇌는 시험 같은 위기 상황이 아니면 집중력을 발휘하지 않고 산만한 상태를 유지하도록 진화했습니다. 뽀모도로는 뇌로 하여금 지금 마치 위기 상황인 것처럼 속여 비상 스위치를 켜고 집중 상태로 진입시킵니다.

저의 경우, 실제로 뽀모도로를 시작한 순간부터 위에서 언급한 물, 핸드폰, 화장실을 전부 참아냅니다. (기지개 정도는 괜찮습니다.) 바로 옆에 시험 감독관이 붙어 있다고 생각하면서 업무에 집중하려고 노력합니다. 단순해 보이는 방법이 효과를 보는 비결은 바로 단순하기 때문이라고 생각합니다.

실제 실행에 옮기는 것도 아주 쉽습니다. 시중에 나온 뽀모도로 앱, 가령 포레스트(Forest) 같은 앱은 25분 동안 핸드폰을 사용할 수 없도록 막아줍니다. 카톡이 와서 반사적으로 폰을 들어 올렸다가도, 포레스트가 켜져 있는 걸 보면 곧바로 핸드폰을 내려놓습니다. 카톡을 보지 않게 해줘요. 이것만 해도 엄청나죠?

25분 동안 집중하는 것도 엄청나지만, 딱 5분 쉰다는 게 또 기막힌 감각이 있습니다. 이와 비슷한 느낌을 헬스장에서 웨이트 트레이닝할 때 느껴본 적이 있어요. 30초 쉬고 바로 다음 세트를 시행하라는데, 막상 30초 쉬어보면 휴식 시간이 너무 짧아서 근육에 힘이 안 들어가거든요? 근데 이게 중독돼요….

　제 말이 믿기지 않으실 수 있어요. 친구나 직장동료 한 명을 감독관으로 섭외하세요. 25분 동안 평소처럼 일하시되 옆에서 몰래 감시해 달라고 부탁하세요. 그리고 얼마나 제대로 일했는지 기록을 측정하세요. 제대로 측정했다면, 이번에는 대놓고 감시해 달라고 부탁하세요. 기록을 측정하시고 비교하세요.

　분명 엄청나게 업무량이 향상되어 있을 겁니다. 본인 기록에 놀라셨다고요? 하지만 당연해요. 인간의 뇌는 위기 상황이 닥쳤을 때만 능력을 100% 발휘하거든요. 뽀모도로를 혼자서 할 수 있게 되면, 정말 치트키 수준의 집중력을 발휘할 수 있게 됩니다. 뽀모도로로 다 함께 집중력 괴물이 되자고요!

뽀모도로(Pomodoro)란?

25분 일하고 5분 쉬는 것을 네 번 반복하는 시간관리 기법을 말한다. 일하는 25분 동안은 집중해야 하며, 집중에 방해되는 기타 모든 행동들이 금지된다. 이 기법을 적용하려면 스마트폰 앱이나 타이머는 필수다.

결론. 우리는 가상의 위기 상황을 만들어냄으로써 우리의 게으른 뇌를 조련할 수 있다. 뽀모도로는 이를 위한 검증된 기법 가운데 하나이다.

Outtro

자신과의 약속을 세우지도 않고 지키지도 않는 경우, 뭔가를 충동적으로 즉흥적으로 소비하는 경우, 뭔가 하고 싶으면 당일 끝장을 봐야 직성이 풀리는 경우, 자신에게 상을 아무 때나 주고 참지 못하는 경우… 들이 자신의 사례라면서 이런 습관들이 루틴과 무슨 연관이 있는지에 대한 상담 요청을 받았습니다.

엄밀히 말하면 이것들은 루틴과 관계없습니다. 도파민 보상기전과 관계가 있지요. 이렇게 자신에게 보상을 막 주면서도 루틴을 잘 지켜온 분이시기에, 정신력이 굉장히 강하시다고 칭찬해 드렸습니다. 루틴을 정말 정신력만으로 지켜온 거예요. 좋게 말하면 멘탈이 센 거고 나쁘게 말하면 전략이 없는 거죠.

제 팁의 핵심은 루틴과 보상기전을 연계하라는 것입니다. 타인에게 임무를 주고서 보상도 같이 세팅하면, 임무를 좀 더 성실히 수행해 오는 게 당연하지 않나요? 그 사람의 루틴을 지키는 데 세팅된 보상이 도움이 된 거죠. 그걸 자신에게도 똑같이 써먹으면 좋아요. 그래야 루틴이 자꾸 깨지는 걸 막을 수 있어요.

자신과의 약속을 지킬 줄 알아야 해요. 제가 뽀모도로 신봉자이긴 한데 뽀모도로도 자신과의 약속이면서 일종의 미니 루틴입니다. 25분 동안 핸드폰 인터넷 들여다보지 않고 일에만 집중하겠다고 약속한 거잖아요? 보상 세팅을 잘 해놓고 자신과의 약속을 지키세요. 그러면 전략적으로 루틴을 지킬 수 있어요.

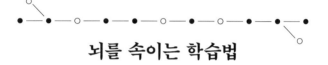

뇌를 속이는 학습법

분야: 루틴

Dynamic Learning

뇌에게 있어 학습이란, 보다 원대한 목표를 설정하기 위해 필요한 '지능이란 재능'을 발견하는 행동입니다.

책상에 오래 앉아 있어도 공부가 안 되는 현상이 반복된다면? 열심히 공부하지 않아도 뇌에게 전혀 위협이 안 됨을 알고, 뇌가 게으름 피는 중입니다. (혹은 번아웃된 뇌가 도저히 못해먹겠다고 본체에게 시위 중이거나요.) 인간도 동물의 한 종류이고, 뇌도 동물의 한 기관입니다. 길들여야 그나마 쓸 만해져요.

학습의 핵심 어젠다가 "뇌를 어떻게 속일 것인가"라고 보는 입장에서 '꾸준한 학습'보다 중요한 포인트는 '동적학습'입니다. 꾸준함도 학습에서 진보를 가져오지만, 원초적으로 게을러터진 뇌는 꾸준한 학습에 절대 속지 않고 반대로 최적화해 버려요. 반면에 동적학습은 뇌를 속이는 데 탁월하며 학습용량도 크게 증가시킵니다.

뇌가 업무를 최적화할 수 없도록 만드는 게 동적학습의 핵심입니다. 창의력을 요하는 학습들이 루틴화 되면, 어느 정도 작업량 예측이 가능해지면서 뇌는 바로 농땡이를 부립니다. 그래서 짧은 주기의 스프린트를 세우고 방점을 자주 찍어서 학습곡선을 뒤집어주면 좋습니다. 뇌에게 정신없이 일을 시키는 원리예요.

여러 책을 번갈아 가며 정신없이 읽는 것도 좋습니다. 뇌를 계속 비상 상황에 노출시켜서 게으름 부릴 틈을 주지 않는 거예요. 게으름에 익숙해지면 더 게으름 부리려 하는 게 바로 우리 뇌니까요. 선사시대부터 우리 선조들이 그렇게 생존해 왔으니까요. 하지만 저는 뇌를 악랄하게 부려 먹을 속셈이에요.

잠시 딴 얘기지만 학습과 비슷한 사례를 다이어트에서도 찾아볼 수 있어요. 다이어트의 기본은 '섭취 칼로리 〈소모 칼로리'인데, 뇌는 식사량이 줄면 기초대사량을 같이 줄여버려서 다이어트 난이도를 높이거든요. 이때 치트밀과 운동으로 리듬을 깨주면 효과적이에요. 그렇지 않으면 뇌는 소모 칼로리를 최적화시켜 버리니까요.

학습도 마찬가지입니다. 학습부하를 동적으로 흔들어 주지 않으면 학습부하가 최적화되어 뇌가 꼼수 부리기 좋은 환경이 돼요. 단순히 학습부하를 유지하기만 하면 노력은 했는데 집중력이 떨어지는 등, 책상에서 보내는 시간만 길어지고 실력은 늘지 않는 거죠. 뇌가 작업량을 최적화해서 슬럼프가 시작된 것 같아요.

나는 멍청할 수 있지만 뇌는 진짜 똑똑합니다. 예측이 가능해지면 기대치를 금방 조정해서 최적화하는 게 뇌이며, 예측을 계속 불가능하게 만들어야 합니다. 우리 머리는 알아도 뇌가 아는 거랑은 또 다르니까요. 뇌한테 "야! 잠 좀 자게 멜라토닌 좀 분비해!"라고 한다고 멜라토닌이 나오는 게 아닌 것처럼요.

어쨌든 학습도 어렵고 다이어트는 훨씬 더 어렵고, 그래서 부하를 동적으로 조절하는 게 가장 중요합니다. 그래야 수직 상승하는 학습곡선이 그려지고 포텐도 터질 수 있어요. 그래서 치트밀과 운동이 다이어트에 효과적입니다. 뇌가 소모 칼로리를 최적화하기 힘들게! 꼼수 못 피우게 만들자고요!

누군가 제게 이렇게 말했어요. "뭔가 약간 맥락이 다른 걸 해야 다음 학습곡선이 그려질 거 같아요. 그냥 ○○하겠다고 주장만 하는 걸로는 실력이 안 늘고요⋯." 당신은 성장하고 싶은가요? 그렇다면 좋아요. 맥락이 다른 걸 하면서 학습곡선을 형성합시다. 방점을 자주 찍읍시다. 학습 계획은 동적으로 짭시다.

동적학습(Dynamic Learning)이란?

어떤 학습에 만반의 준비를 갖추고 찬찬히 하는 학습이 정적학습
이라면, 그것의 반대가 동적학습이다. 뇌가 학습할 준비가 되지 않
았더라도 일단 뛰어 들어가서 정신없이 경험하며 학습하는 것을
말한다. 일종의 경험기반학습이라고 보아도 좋다.

결론. 뇌의 입장에서 좋은 주인이 되는 방법은 하나
다. 뇌의 관점에서 학습을 생각할 줄도 알아야 한다.
주인이 뇌를 통제하지 않으면, 뇌가 주인을 통제할 것
이다.

Outtro

천재는 관심 가는 거면 뭐든지 잡다하게 습득해서, 다
양성에서 오는 시너지를 누려야 해요. 남들에 비해 스
킬 포인트가 많은 거지, 레벨링 속도가 특출나게 빠른

게 아니니까요. 천재라고 해서 남들이 60레벨에 찍을 수 있는 스킬을 50레벨에 찍을 수 있는 건 아니라고요.

천재성도 시간이 흐르면 두각은 사라진다고 해요. 그럼에도 DNA는 남아 있어서 커뮤니케이션 스타일이나 시냅스 속도는 여전히 남다를 거고요. 누가 그랬던가요? "고지능의 의미는 그냥 배우는 속도가 빠른 거다. 아주 아주 빠른 거다"라고요. 성취가 대단한 수준까지 가려면 지능(intelligence) 말고 지혜(wisdom)가 필요해요.

잡스가 기이한 거 융합을 잘 시키잖아요. 이런 걸 잘하려면 넓이와 길이를 고루 갖춘 T자형 인재가 될 필요가 있어요. 레벨업 속도 대비, 스킬이 정말 풍부하게 찍히는 게 천재의 최대 장점이니까요. 자만하지 말고 레벨업 꾸준히 하면서, 스킬 포인트 아끼지 말고 최대한 다양하게 투자하세요. 훌륭한 T자형 인재가 되실 수 있도록요.

[기본값]

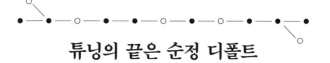

튜닝의 끝은 순정 디폴트

세상에서 가장 깨트리기 힘든 감옥이 있다면 스스로 세워버린 마음의 감옥입니다. 갇혀 있는 동안은 절대로 보이지 않는 사건들이 세상엔 정말 많아요. 어쩌다 운이 좋아서 감옥을 빠져나오게 된다면, 세상을 마주한 뒤 감옥에서 허비한 시간이 아까워 미칠 지경이 된다고요. 당장 탈옥하고 싶다면 "그냥 합시다".

삶에 아무 문제의식 없이 사는 사람이 되길 거부하세요. 비유를 하나 들면 스마트폰 개발자가 어떤 기능을 제공하면서 설정하는 기본값들이 있습니다. 자기 주관이 없으면 스마트폰 개발자가 정해주는 기본값으로만 살아가게 됩니다. "엥 스마트폰 설정에 이런 기능이 있었어?" 같이 되지 마시라고요.

옵션을 설정하는 곳이 있다는 것조차 인지하지 못하고 주어진 기본값대로만 살아가는 삶도 수두룩합니다.

속은 편하죠. 기본값은 사회적 합의체에서 지정해 주는 것이고, 사회는 정상성을 가진 개인을 좋아하니까요. 안락한 삶은 보장됩니다. 하지만 그래서는 살아지는 대로 살아갈 뿐, 자기 주관은 없습니다.

그렇게 주어진 기본값을 자기주관이라고 믿는 사람들도 있습니다. 하지만 자기주관은 그런 것이 아니라고 생각합니다. "튜닝의 끝은 순정"이라는 인용을 참 좋아하는데, 기본값이 자기주관이라고 말하려면 튜닝의 끝을 한번 경험해 본 뒤에야 가능한 거라고 개인적으로 생각합니다. 기본값은 순응이지, 자기주관이 아닙니다.

그래서 자기주관이란 무엇일까요? 주체적인 삶을 선택하고 자신만의 길을 가는 것입니다. 사회에서 정해준 기본값을 거부하는 것입니다. 스마트폰을 공장 출하 상태로 사용하지 않고, 튜닝을 가해 사용하는 것입니다.

설정 창을 열어보고 옵션을 이것저것 건드려 본 다음, 알맞은 설정을 찾아내는 것입니다.

인지를 넓히고 감수성을 끌어올린다는 건 결국 얼마나 많은 자기주관을 가지고 있느냐로 결정됩니다. 기본 값대로만 살아온 삶에 어떤 인지가 있고 무슨 감수성이 있겠느냐는 말이지요. 최대한 많은 옵션을 건드려볼 필요가 있습니다. 전부 열어보고 자기가 원하는 걸 고르시기 바랍니다. 그게 진정 자신을 위한 삶입니다.

기본값(Default)이란?

앱이나 프로그램에서 조정할 수 있는 옵션의 초기 설정값을 말한다. 예를 들어, 윈도우 컴퓨터에 기본으로 깔리는 바탕화면이 바로 기본값이다.

(컴퓨터 기술 분야에서 자주 사용하는 용어이다.)

결론. 주어지는 기본값과 기성품을 거부하라. 이것저

것 시험해 보고, 나에게 가장 맞는 취향을 재발견하라.
다시 말하면 커스텀(Customizing)을 해보란 뜻이다.

Outtro

사회에서 정해주는 디폴트(고정관념, Default)에 도전하는 것은 쉬운 일이 아닙니다. 디폴트에 도전하면 받게 될 집단 괴롭힘이 두렵기 때문입니다. 차라리 무비판적으로 받아들이는 게 마음은 훨씬 편하거든요. 고민 끝에 유도해 낸 해답을 모두의 앞에 펼쳐 보이는 건 끝없는 자기부정을 뚫고 나온 끝에 가능합니다.

디폴트로 만족할 수 있는 사람에겐 제언이 필요 없습니다. 디폴트를 지키는 것은 어기는 것보다 쉽고, 이미 만족하고 있는 사람에게 어기라고 알려주는 것 자체가 과잉 친절입니다. 문제는 디폴트로 만족하지 못하는 사람들에게 일어납니다. 그렇다면 디폴트를 잘 어기는 방법에 대해 제언해야 합니다.

할 수만 있다면 모든 상황에서 극단적인 제언을 해드리려 합니다. 극단을 경험해 본 뒤 제로 베이스로 돌아가 첨부터 다시 고민하는 게 중요하기 때문이에요. 살면 살수록 인생에 정답이 없고 모든 것이 케이스 바이 케이스입니다. 뭐든지 일단 경험해 본 뒤 좋아하는 걸 고릅시다. 자신의 디폴트는 자신이 설정합시다.

당신이 생각하는
진검승부란 무엇입니까?

모든 사람은 모순을 가지고 있습니다. 불완전한 자신을 부정하고 완전하고 싶고, 또 그런 불완전한 모습을 남에게 보여주고 싶지도 않은…. 만약 그렇다면, 후자를 선택하세요. 불완전하고 모순된 자신을 인정하고 스스로에게 솔직해 주세요. 남에겐 거짓되어도 괜찮습니다. (자신보다 소중할 순 없어요.)

여러분이 어디서 누구를 만나든 무엇을 하든, 솔직한 사람으로 존재하는 것이 여러분의 퍼스널리티를 유지키 위해 중요합니다. 여기서의 솔직함은 만나는 상대방에게 솔직하라는 얘기가 아니에요. 절대로! 그저 자신에게만 솔직하면 괜찮답니다. 둘의 차이를 잘 모르시겠다고요? 좋아요, 설명해 드릴게요.

모든 사람들이 서로 모순되는 복잡한 감정을 동시에 가지고 살아가요. 모순되는 감정들을 '양가감정'이라고

부릅시다. '자신에게 솔직하라'는 말은, '양가감정'으로
부터 동시에 도망치지 말 것을 주문해요. 예시를 하나
들어야겠군요. 지금부터 제가 계약만료를 앞둔 계약직
이라고 생각해 주세요.

    계약만료를 앞두고 있지만, 계약이 연장될지 어떨지
잘 모르겠어요…. 그런데 주변 팀원들이 응원해 주면서
정규직 전환 면접을 잡아준 상황이에요. 솔직히 자신이
없어요. 무서워요. 모르겠어요. 모르겠지만 어쨌든 공포
감은 느껴져요. 심각한 수준의 공포를 마주한 제 앞에
세 개로 갈라진 갈림길이 보이는군요.

    첫 번째 갈림길은 긍정이에요. 결과가 어떻게 나오든
받아들이려고요. 결과를 받아들이고 미래를 향해 나아
갈게요. 기꺼이 꿈을 좇으려는 그런 긍정성.
    두 번째 갈림길은 부정이에요. 떨어질 거 같아. 떨어

질 거 같은데, 뭐 어떻게든 되겠죠. 될 대로 돼라…. 주어진 운명에 차갑게 순응하는 그런 부정성.

마지막 갈림길은 긍정도 부정도 아니에요. 긍정하기엔 멘탈이 약해서 긍정도 못 하고, 부정하기엔 결과가 두려워서 부정도 못 하는데다, 결정적으로 두려움 그 자체가 너무너무 두려워서, 선택지를 아무것도 고르지 못하고 미래를 포기한 사람이 가는 길이죠. 마지막 길이 바로 자신을 속이는 길이에요.

'난 사실 정규직 되는 것에 관심이 없어. 정규직을 시켜준대도 안 할 거야. 계약직으로 일하느라 너무 지쳤어. 그냥 다 때려치우고 싶어. 난 그냥 쉬고 싶어.' 이렇게 자신을 속이는? (본심은 정규직이 되는 건데) 면접에 기대는 못 하겠고 낙담하는 것도 싫어서, 양쪽 모두로부터 도망치는 바로 그 상황?

그런데 사실은, 그럴 수밖에 없는 상황임을 이해하고 있어요. 지금 너무 궁지에 몰린 상황이라서, 여기서 낙담해 버리면 정말 우울에 깊게 빠져버릴 것 같아서, 자신을 속일 수밖에 없는 도망침이 어떤 면에서는 자신을 지켜주는 방어기제죠. 괜찮아요. 자신을 속이는 건 절대로 잘못된 게 아니에요.

한 가지 슬픈 점이 있다면 본인은 그 사실을 굉장히 알기 힘들다는 정도? 자기가 자기를 속이는 중이라는 그 사실을? (그야 당연하죠. 속아 넘어간 사람이 속은 사실을 어떻게 알겠어요.) 그래서 '힘들어서 일을 쉬고 싶다'는 생각도 하게 된 거고요. (힘든 건 거짓말이 아니니, 몸도 많이 힘들 거예요.)

하지만 만약 진짜 정규직이 된다면 기쁘고 너무 좋겠죠? 그렇게 제가 정규직이 된다면, 지금까지 힘든 감

정은 어딘가로 날아가고 "와, 씨, 최고다" 이러면서 힘
내서 열심히 살 수 있을지도 몰라요. 하지만 그걸 기대
하기엔 너무 힘들고 초조해서 솔직해지지 못하는 거죠.
진검승부할 수 없게 되는 거예요.

승격되지 못할 거 같은 불안감에 대한 반동형성으로
"이 회사에서 일하고 싶지 않습니다"라는 말을 해버리
면, "그래요? 그럼 쉬세요" 이렇게 돼버린단 말이에요.
해서는 안 될 말을 해버리면 슬프잖아요. (최소한 상대에
게 솔직하기는 했군요. 하지만 그게 정말 솔직한 걸까요? 되
물어볼 필요가 있어요.)

인생의 중요한 순간에 진검승부를 해야만 해요. 이렇
게 말하세요.

• 저는 안 될 거 같습니다. 실력이 부족해서요. 그래

도 만약에,

- 아주 만약에 기회가 주어져서,
- 정말 바라지도 못할 기회가 만약에 주어져서 제가 정규직이 될 수 있다면,
- 죽다 살아난 사람처럼 이 한 몸 바쳐서 열심히 일하고 싶습니다.

이런 말을 듣게 된다면 그 누구라도 마음이 흔들릴 수밖에 없다 생각해요. 죽다 살아난다는 표현도 그렇죠. 실제로 한계까지 몰린 상황이기 때문에 할 수 있는 말이기도 하니까요. 실력은 부족하지만 그것을 솔직하게 인정하고 드러낼 수 있어야 해요. 도망치지 않은 것만으로도 여러분의 승리예요.

황급히 모든 것으로부터 도망치고 싶어질 수 있어요. 저도 그럴 때가 있었고요. 하지만 한 톨만큼의 용기라

도 짜낼 수 있다면 싸움에 나설 기분도 들더라고요. 제가 그 용기를 드릴게요. 대신에 약속해요. 승부처를 앞두고 패배가 약속돼 있을지라도 도망치지 않고 정정당당하게 진검승부 하겠다고. 그게 바로 스스로에게 솔직하다는 뜻이에요. 약속해요.

진검승부(眞劍勝負)란?

게임, 만화, 애니메이션에서 반드시 나오는 라이벌과의 타오르는 1:1 승부를 말한다. 여러 명이서 다구리를 놓을 수 있는 상황임에도 라이벌과의 1:1을 고집하는 선역 혹은 악역들이 이 바닥에선 매우매우 흔하다.

(게임, 만화, 애니메이션 분야에서 사용하는 용어다.)

결론. 열정으로 연막 칠 수 있는 건 한계가 있다. 이럴 때는 진검승부다. 중요한 순간 내 실력이 어느 정도인지 파악하라. 진검승부로 치른다면 결과에 승복할 수 있다. 미래를 향해 나아가라. 희망과 절망에 연연하지

마라. 스스로에게 솔직해져라.

Outtro

밝은 사람이 언제나 밝은 것만은 아닙니다. 똑똑한 사람이 항상 똑똑한 것도 아닙니다. 활기찬 사람이 매일 활기찬 건 아니며, 매력적인 사람이 늘 매력적이진 않습니다. 착한 사람도 누구에게나 착하지 않으며, 나쁜 사람이 언제나 나쁜 건 아닙니다. 하지만 정직한 사람은 매사에 정직해야 합니다….

왜냐하면 정직은 신뢰 자원에 기반을 두기 때문에 그렇습니다. 누구나 어떤 이유에 의해 전혀 다른 모습을 보일 수 있습니다. 그래도 시간이 지나면 스프링처럼 탄력을 회복해서 원래 캐릭터를 되찾곤 하고 그것이 딱히 이상하지도 않아요. 하지만 신뢰 자원은 탄성계수가 없기 때문에, 한번 깨어진 신뢰는 돌아오지 않습니다.

사람의 모든 퍼스널리티는 빛과 그림자가 있어서 그 둘을 모두 사용할 수 있게 되면 큰 이득이 있지만, 정직함은 그림자가 없는 유일한 퍼스널리티라는 생각이 듭니다. (그리고 솔직함은 정직함과는 조금 다른 문제인데, 솔직함의 빛과 그림자를 통합하는 게 진짜 극악 난이도예요. 적어도 저에게는 그렇더라고요.)

[자책]

구질구질한 삶 너무 우울해요
갓생 살고 싶어요

우리가 자책을 하는 이유는 강화학습을 위해서입니다. 스스로를 자책함으로써 실패를 반복하지 않겠다는 의지를 다지는 거죠. 그럼에도 어떤 실패는 반복됩니다. 그럴 때는 전혀 다른 방법의 접근이 요구됩니다. 접근을 바꾸지 않으면 '학습된 무기력'을 획득하고 자책하기 위해 태어난 사람이 돼버릴 수 있어요.

게임 개발을 하다 보면 반드시 생기는 것이 버그입니다. 버그가 생기면 게임이 제대로 돌지 않거나 멈춰버리게 되고, 더 심각한 경우 서버 전체에 심각한 문제를 초래하게 됩니다. 그리고 이 버그를 잡는 수정 작업을 디버그라고 합니다. 버그는 게임 품질을 떨어뜨리므로 디버그는 무척 중요한 작업입니다.

그리고 우리 인생에서도 온갖 버그들을 만납니다. 바로 오만가지 시행착오와 실패들이요. 버그를 만난 우리들은 본능적으로 디버그를 시도하는데, 자책(반성)이야 말로 주요한 인간 디버그 중 하나입니다. 자책을 통해 문제를 예방하도록 스스로를 개선함으로써, 우리는 더 나은 인간이 될 수 있습니다. 자책의 힘이죠.

자책은 강화학습을 통해 실패를 예방하는데, 어떤 문제들은 너무 거대해서 자책으로 해결할 수 없습니다. 그런 경우 자책은 독이 될 수 있으니 주의가 필요합니다. 해결할 수 없는 문제에 자책으로 접근하면 압력이 증가하고 자책 행동이 강화되어 무한 루프에 빠집니다. 루프는 자책의 강도를 높이고 스스로를 궁지로 몰아넣습니다.

자책을 누적해서 쌓는 것은 지능이 높은 사람의 특징 중 하나이며, 정말 무한히 쌓는 것도 가능하기 때문에 루프가 시작됐다면 빨리 끊어야 합니다. 하지만 자책을 멈추려는 시도는 상황 타개에 도움이 되지 않습니다. 다른 좋은 생각들을 늘리는 것이 효과적입니다. 산책, 청소, 요리, 독서, 사람 만나기 등….

우울해진 기분을 줄이려고 노력해 봐도 잘 되지 않는 것은 다른 일에 집중하지 못하는 상황 때문입니다. 한시바삐 기분을 전환해야 합니다. 하루 30분 산책은 아주 효과적이며, 같이 산책할 친구가 있다면 더 좋습니다. 청소는 늘 옳습니다. 요리도 자책에서 빠져나와 집중할 여지를 주고 먹다 보면 기분도 나아집니다.

독서는 기분을 전환하는 데 가장 좋은 방법 중 하나입니다. 기분 전환용 독서를 할 때는 절대로 실용적인 책을 읽지 마세요. 평소 읽지 못한 특이한 책들을 구해 흥미 위주의 독서를 합시다. 재미없으면 바로 치우고 또 다른 책을 읽어줍시다. 추천 장르는 동화, 소설, 요리, 시, 여행, 건축 등등…. 흥미로운 것들!

　문제에 대한 우리의 대응법은 부모나 사회로부터 학습된(물려받은) 것입니다. 그렇기에 홀로 자책을 반복하는 경우 실패 행동이 개선되는 게 아니라 자책 행동이 강화됩니다. 인슐린 내성이 있는 환자의 췌장이 인슐린을 분비했으나, 혈당을 떨어트리는 데 거의 도움이 되지 않는 것처럼 심각한 문제입니다.

　자신을 인슐린 내성이 있는 환자이며, 자책 행동은 인슐린이라 생각하세요. 자책은 현 상황을 타개하는 데 도움이 되지 않습니다. 이미 자력으로 해결할 수 있는 수준을 지났다고 보시면 좋겠어요. 인슐린 내성의 치료는 근본적인 식이요법과 생활 습관의 변화가 필요하듯, 자책 내성 치료를 위해 주변의 조력을 구하세요.

자책(Self-Blame)이란?

자책은 실수를 반복하지 않으려는 정신의 방어기제로, 두 가지 양상으로 전개된다. 첫째 양상은 자책을 통해 문제가 해결되어, 자책도 함께 사라지는 긍정적인 케이스다. 둘째는 자책을 해봐도 문제가 그대로인 것인데, 이 경우 자책의 처벌 수위를 계속해서 높이게 되어 사태가 악화된다. 자책이 반복되는 경우 최대한 빨리 주변과 상의하고 도움을 구해야 한다.

결론. 실패 이후의 자기평가를 통해, 실패를 줄이고 품질을 높여라. 자책을 위한 자책에는 주의한다. 감정을 죄의식으로 소진하지 말 것. 혼자서 풀 수 없는 문제는 반드시 도움을 구할 것.

Outtro

"난 할 만큼 했어"라는 말은 자기 자신을 위해 혼잣말로만 써야 합니다. 오히려 "난 아직 더 할 수 있고 난 더 완벽해야 해" 같은 혼잣말로 자신을 몰아치면 완벽주의란 함정에 빠지게 됩니다.

그뿐이 아닙니다. "난 할 만큼 했어"라는 말을 자신을 위해 쓰지 않으면, 남들로부터 자신을 변호하기 위해 방어적으로 쓰게 됩니다. 완전히 똑같은 말도 자신에게 혼잣말로 했을 때와, 남들 앞에서 말했을 때 완전히 반대 효과를 냅니다.

"난 할 만큼 했어"라는 말은 자신을 위해 아껴두십시오. 반대로 "난 아직 더 할 수 있고 난 더 완벽해야 해" 같은 말은 사람들 앞에서만 하십시오. 완벽주의 발언을 자신에게 쓰지 마십시오. 이 두 대사의 차이를 이해하고 제대로 사용한다면, 그 어떤 역경도 여러분의 성장과 질주를 멈출 수 없습니다.

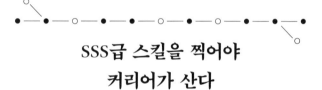

SSS급 스킬을 찍어야
커리어가 산다

백종원이 골목식당에서 맨날 메뉴 줄이라고 하고 맨날 가격 내리라는 말만 하는 이유. ①메뉴를 줄여야 가격을 내릴 수 있고, ②가격을 내려야 회전율을 높일 수 있고, ③회전율을 높여야 퀄리티를 높이고, ④퀄리티를 높여야 내 능력치가 늘어남. 결국 모든 솔루션은 ⑤오너의 실력을 높이기 위한 것.

독서 스킬을 향상시키는 법은 두 가지가 있습니다. ①다독을 해서 양적, 질적으로 밀어붙이고 독서 스킬을 직접적으로 성장시키든가, ②다작을 해서 글을 쓰면서 작문 스킬을 습득하고 독서 스킬을 간접적으로 성장시키든가.

작문은 독서 스킬의 메타스킬이기도 하죠. 메타스킬이 무슨 말이냐면, 작문을 잘하게 되면 단순히 독서만 하는 것보다 더 큰 틀에서 놀 수 있게 되고, 작문이 늘면서 독서도 자연스럽게 잘하게 되는 겁니다. 글을 쓰는 작문이 글을 읽는 독서를 포괄하고 있으므로 작문은 독서의 메타스킬인 셈이죠.

그리고 또 하나. 작문에게도 메타스킬이 있죠. 자신이 쓴 글을 출판하는 것.

출판은 내가 쓴 글을 주변 독자에게 읽히고 PR하며 영업하는 스킬입니다. 그걸 통해서 내가 글을 잘 썼는지 어떤지 평가하는 안목도 갖추게 되죠. 잠시 딴 얘기지만 여러분 귀지 파보신 적 있죠? 남의 귀지 팔 때랑 비교해서 어떻던가요? 눈으로 보며 파내는 거랑 감으로 파내는 거랑 완전 다르잖아요.

메타스킬의 위계 (낮은 순): 독서 → 작문 → 퍼블리싱

메타스킬을 찍게 되면 하위의 스킬을 더 쉽게 성취할 수 있습니다. 그래서 위와 같은 그림에서는 블로그 같은 SNS가 가장 상위의 메타스킬이 됩니다. SNS는 1인 미디어 퍼블리싱이 되니까요. 퍼블리싱이 작문을 향상시키고 작문이 독서를 향상시키는 트리가 완성돼요. 얘기가 엄청 샜는데….

결론은 이것입니다. 여러분이 만약 뭔가를 잘하고 싶다면 그것의 메타스킬을 좀 더 신경써서 습득하시는 게 좋습니다. 가령 소재를 모으고 작문을 하고 독자에게 읽힌 다음 자기평가하는 루프를 완성하는 것, 이게 당장 목표하시면 좋은 큰 그림입니다. 본 글에서는 독서 스킬을 예시로 설명했습니다.

스킬트리(Skill Tree)이란?

여러 스킬들을 고차적인 단계에서 통합하는 상위의 스킬을 찍으려면, 스킬 트리를 타고 올라가야 한다. 위 예시에서는 작문이 독서의 상위 스킬로 소개했는데, 사실 작문은 굳이 독서가 아니더라도 모든 학문에서 필수로 요구하는 SS급 상위 스킬이다. 써낸 문장들을 서책으로 펴내는 출판 스킬까지 갖춘다면, 독서 스킬을 바라보는 지평이 완전히 달라졌음을 체감할 것이다.

결론. 미래의 당신이 사용하는 최종 스킬은 무엇인가? 스킬들이 어떤 관계로 서로를 포괄하고 있는지 이해하라. 나만의 스킬 트리를 완성하는 것을 염두에 두고, 상위 스킬에서 요구하는 하위 스킬을 파악해 서둘러 획득하라.

Outtro

죽이 되든 밥이 되든 마음먹은 일을 마지막까지 해내는

것이 중요함을 느낍니다. 실행 과정에서 갖은 일들이 산적해 있음을 깨닫는다면, 몸이 힘든 나머지 포기하거나 유야무야되는 경우가 많아요. 특히 난점은 실행 도중 동기 부여가 떨어지는 거겠죠. 동기 부여가 한번 떨어지면 실행을 지속하기는 극히 어렵습니다.

동기 부여가 떨어지지 않도록 유지하려면 무엇보다도 성장 그 자체에 가치를 두어야 합니다. 성장하는 모습을 기록하여 그래프로 살펴보고 적용할 점들을 찾아내 자기평가하는 방법론을 배워야 해요. 보유한 능력의 용량 한계를 키우고, 스킬이 레벨업하는 상황을 이해해야 합니다. 이를 '메타인지'라 해요.

예전에는 나 자신이 현재 어떤 위치에 와 있는지 스스로 잘 이해하지 못했습니다. 시간이 흐른 뒤에 되돌아보면 내적으로 성장하고 있었음을 회고할 수 있지만, 당시에는 외적으로 계속 제자리걸음을 하고 있다고 생각했습니다. 제대로 하지 못했다고 스스로를 몰아세우며 오해하고 있었던 것입니다. (그래서 사수가 절실했어요.)

자신이 성장 궤도에 올라 있음을 이해한 뒤에 할 일은 궤도를 계속 밀어붙이는 것입니다. 어느새 그 힘은 내면화되어, 성장 자체가 동기가 됩니다. 계획은 다소 수정될 수 있으나, 레벨업이란 큰 그림은 변하지 않습니다. 이를 위한 실행과 실천의 라이프 스타일을 개척하는 것이 무엇보다 중요합니다.

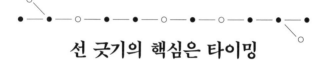

선 긋기의 핵심은 타이밍

선 긋기에 타이밍이 가장 중요한 이유는 선을 조금이라도 늦게 그으면 오히려 이상한 사람 취급받는 경우가 왕왕 있기 때문입니다. 인간관계에선 오로지 경계(Boundary)가 전부입니다. 선이 침범당한 즉시 경계를 재활성화하고, 한 방에 초강수로 나가셔야 합니다. 그렇게 하지 못했다간 모든 게 짓밟힙니다.

오랜 시간 함께하다 보면 관계는 진전됩니다. 왜일까요? 적정선을 유지했기 때문이죠. 인간관계에서 경계는 거리감(BLACK), 적정(GREEN), 위험함(GRAY), 손절(RED)의 네 단계로 나뉜다고 생각하는데, 초록색에 오래 머물러 준 사람에게는 경계가 너그러워져서 경계 탄력성이 생기고 선을 넘더라도 용서가 쉽습니다.

관계의 진전에서 중요한 것은 그린 존이 넓어지기까지 걸리는 시간입니다. 조급한 사람들은 가장 깊숙한

곳까지 나아가고 싶어하기 때문에 자칫 그레이 존이나 레드 존을 밟을 위험성이 존재합니다. 레드 존의 선을 밟으면 반드시 용서를 구해야 합니다. 용서를 받지 못하면 관계는 언제든 깨어질 수 있습니다.

사회에서 솔직하게 나서야 할 때와 그렇지 않은 때를 구분하는 것도 무척 중요합니다. 솔직하게 말한다는 것은 내 모든 의도를 바닥까지 드러낸다는 의미이기 때문이에요. 바닥을 드러냈는데 엉뚱한 반응이 돌아오거나 상대의 바닥을 보고 오지 못하면 수치심에 휩싸입니다. 마음은 그렇게 조금씩 닫혀져 갑니다.

눈치가 빠르면 관계 유지가 쉬운 것은 내가 상대의 그레이 존에 들어간 시점에서 곧바로 물러날 수 있거나, 반대로 상대가 그레이 존으로 밀고 들어왔을 때 곧바로 밀어낼 수 있는 탄성이 있기 때문입니다. 이것을 경계 탄력성이라고 부릅니다. 이런 사람들은 자신이나 타인의 레드 존을 만날 일이 거의 없습니다.

경계 탄력성을 가지려면 두 가지 방법이 있습니다. 하나는 자신을 아는 것이고 하나는 상대를 아는 것입니다. 둘을 알아야 서로의 경계를 동기화하고 상대의 선을 넘지 않으며, 상대가 선을 넘으려고 할 때 예방할 수 있습니다. 인간관계는 결국 경계 설정과 이를 활용한 예방에 달렸습니다. 일이 터진 후 후회하는 건 너무 늦거든요.

반대로 타인과의 관계 유지가 어려운 사람들은 그레이 존에 탄성이 전혀 없거나, 경계 인접 면이 너무 얇아서 레드-그린이 인접해 있는 경우입니다. 이런 사람과 관계를 유지하는 것은 무척 어렵습니다. 그린 존에서 조금만 들어가도 엄청나게 화를 내고 용서를 구하지 않으면 안 되거든요. 하지만 그것은 당신만의 잘못이 아닙니다.

천성이 상냥한 사람이 약한 모습을 꼭꼭 감추는 이유는, 조금이라도 얕보이면 치사할 정도로 비열하게 나오는 사람이 인간 사회에 너무 많기 때문입니다. 그렇게 나를 지켜줄 자신의 성을 만들고 탑 위에 올라가 내려다봅니다. 본래의 나를 받아들여 줄 상냥한 사람은 과연 어디에 있는가 꿈꾸기 위해서….

경계(Boundary)란?

'선 넘지마'의 '선'을 담당한다. 경계가 확실한 사람은 관계의 맺고 끊음이 확실하고, 공적 장소와 사적 장소를 잘 구분하며, 타인의 감정선에 영향받거나 이에 집착하지 않는다.

결론. 나의 경계가 대충이라도 얼마만한 면적을 갖는지부터 파악하자. 인간관계의 핵심은 경계 관리에 달려

있다. 너무 가까우면 밀고, 너무 멀면 당긴다. 단순한 원리지만 실전에서는 실수하는 경우가 빈번하다. 그래서 인간관계는 어렵다.

Outtro

어떤 싫은 행동을 하는 상대에게 "네가 계속 이렇게 A 하면, 나는 B할 거야. 하지만 네가 C하면, 나는 D를 할게. 결정해. 선택은 네게 달렸어"라고 선언하고 약속을 철저하게 이행하는 것만이 거절을 전달하고 경계를 재활성화하는 가장 좋은 방법입니다. 바로 상대에 맞춰 행동하는 거울이 되는 거예요.

중요한 점은 '문제 소지가 생기자마자 곧바로' 위 조치를 취해야 한다는 것입니다. 이미 관계가 망가진 후에 위 조치를 취하면 효과는 절반 이하로 떨어지는데, 당신이 A에 대한 거절 의사를 표시했음에도 계속 A로 찔러보니까 스펀지처럼 그걸 받아주던 당신의 반응 패턴을 상대가 이미 학습했기 때문입니다.

한번 스펀지라고 얕보였기 때문에, 이제 와서 거울이 되려고 해봤자 상대의 반발만 불러오고 악화된 관계를 되돌리기 어렵습니다. 저도 이 사실을 좀 더 일찍 알았어야 했습니다. 만약 그랬다면 얼마나 좋았을까요. 그랬다면 그때 그렇게 희망 고문을 하지 않아도 괜찮았겠죠. 나 스스로를 좀 더 챙겼을지도요.

나에 대해 알아야 하는 이유

타인과의 관계에서 너무 높은 기대를 버리고, 항상 낮은 기대에서 시작합시다. 물론 몸과 마음이 약해진 순간에 타인과 사회에 기대는 것은 내가 약자이기에 필요합니다. 하지만 절대 놓치지 말아야 하는 것은 일련의 안전망에서 독립하겠다는 의지입니다. 위기 순간에 가장 의지가 되는 사람은 자신이어야 합니다.

생각보다 많은 사람들이 자신에 대해 잘 모릅니다. 만약 사람이 자신에 대해 잘 알고 있다면, 자신 안에 그토록 많은 모순을 품어낼 리 없습니다. 잘 알지 못하고 이해하지도 못하는 말을 남에게 할 리도 없고요. 그 누구보다 자신을 먼저 이해해야 합니다. '내가 나에 대해 알아야 하는 이유'가 여섯 가지만큼 있습니다.

①내적 기준이 일단 명확해집니다. 자신이 뭘 좋아하고 뭘 싫어하는지 말할 수 있습니다. 이것을 미적 기

준이라고 표현해도 좋겠습니다. 미적 기준이 없는 사람은 상상력이 빈약하고 막연합니다. 그 사람이 사는 세계는 비좁습니다. 견식이 얕습니다. 미적 기준은 굉장히 아름다운 것을 볼 때마다 깨어지면서 조금씩 명확해집니다.

②자신 안에 존재하는 모순이 줄어들거나 사라집니다. 동일한 사물인데 아침엔 좋다가도 저녁에는 싫어지는 게 사람입니다. 왜 아침엔 좋고 저녁엔 싫어지는가? 그 원리를 이해하고 있다면 자신 안의 모순을 지울 수 있습니다. 자신에 대해 안다는 것은 감정이 작동하는 원리를 깨우치는 거라서 그렇습니다.

③정서가 안정되고 상황 판단이 빨라집니다. 내가 나를 알고 또 그것이 지극히 안정된 상태라면, 주변의 환경 변화를 실시간으로 인지하고 많은 것들을 통제하

며 안정시킬 수 있습니다. 자신에 대해 아는 사람은 주변 환경을 안정시킴으로써 자신도 차분하게 만듭니다. 안정된 주변 환경이 차분한 행동으로 이어집니다.

④외적 표현이 단호해집니다. 대화 상대에게 자신 있게 자신의 의견을 이야기하면서 자신의 논리에 대해 설명하고 설득할 수 있습니다. 스스로를 잘 모르는 사람은 자신이 무엇을 원하는지도 잘 모르기 때문에 갈팡질팡하고 우유부단한 모습을 보입니다. 자신을 잘 아는 사람에게는 그런 면모가 드러나지 않습니다.

⑤적과 아군을 분별할 수 있습니다. 풍랑을 따라 정신없이 표류하는 부표처럼 전후좌우로 흔들리는 상태에서, 상대의 도덕이 바르게 서 있는지 제대로 파악할 수 있을까요? 자신의 기준이 명확하게 세워진 사람은 스스로의 눈으로 흔들림 없이 서 있는 사람들을 분별할

수 있습니다. 흔들리지 않고 똑바로 선 그들은 믿을 만합니다.

⑥마지막으로 상대에 대해 알 수 있습니다. 지피지기면 백전백승이라고 했는데, 사실은 자신을 아는 것과 상대를 아는 것은 하나입니다. 자신에 대해 알지 못하는 사람은 상대를 제대로 바라보지도, 이해하지도, 공감할 수도 없습니다. 상대에 대해 알고 싶다면, 그 전에 먼저 자신부터 알고 있어야 합니다.

자신에 대해 학습하는 능력은 메타인지에 좌우됩니다. 메타인지는 '나'라는 우물의 깊이와 넓이를 측정해주기 때문입니다. 알 껍질을 깨트리듯 '나'라는 우물을 부수고 밖으로 나와야 합니다. 우물을 부수려면 외부 압력과 내부 압력을 동시에 이용해야 합니다. 어렵고 힘든 한계점으로 굳이 향하는 이유가 바로 이것이죠.

결국 인간의 생은 인지의 틀을 깨고 세계를 확장하는 것의 연속입니다. 당장 나가진 못하더라도 감옥이라는 프레임을 인지하면 가능성은 주어집니다. 메타인지는 실행 가능 여부를 판단해 주는 탈출 내비게이션 역할을 합니다. 하지만 학습을 멈추는 순간 가능성은 0이 되며 영원히 그 감옥에서 살게 될 것입니다.

메타인지(Metacognition)란?

메타인지를 이해하려면 먼저 인지에 대해 이해해야 한다. 예를 들어 스마트폰을 인지한 사람은 '쓸만한 미니 컴퓨터. 최신 스마트폰 가지고 싶다'고 생각한다. 그렇다면 인지를 인지한 사람은 무슨 생각을 할까? '나는 이러한 것들을 알고 있고, 이러한 것들을 모르고 있구나. 독서를 통해서 나의 인지를 더욱 확장해야겠다'고 생각한다. 인지에 대한 인지, 이중 삼중으로 중첩된 인지, 게임 속 게임, 소설 속 소설, 세계 밖 세계, 꿈 밖 꿈…. 이런 복잡한 다중 구조를 인지하는 것이 바로 메타인지다(영화 〈인셉션〉을 보면 이해가 간다).

결론. 나를 가장 잘 아는 것은 내가 아니다. 오히려

친인척들이 나에 대해 더 잘 알고 있는 경우가 많다. 왜곡된 자신과 정보 불일치 상태를 교정할 필요가 있으며, 이를 위해서도 메타인지는 반드시 습득해야 하는 능력이다. 나의 가장 큰 스승은 과거와 미래에서 온 자신이다.

Outtro

어린 시절에는 아무도 날 이해하지 못한다고 생각하고 세상을 왕따시켰지만, 결국 괴리되는 사람은 나였고 많은 것들을 잃었습니다. 지금은 시간이 훨씬 흘렀고, 사람들이 날 이해 못 한다는 생각도 여전하지만, 세상과 함께 살아가려면 남들이 이해할 수 있는 부분만 보여줘도 충분하다는 생각으로 바뀌었어요.

어째서 저는 남들이 저를 이해하지 못한다고 생각했을까요? 누구나 남들이 이해할 수 없는 부분이 조금씩은 있을 건데요. 어째서 그 미약한 일부를 가지고 전부라고 생각했던 걸까요? 일부가 전부일 수도 있고, 전부가 일부일 수도 있음을, 어린 나이의 저는 깨닫지 못했다는 게 이제 와서 조금은 아쉽습니다.

모든 것을 이해할 수 없고, 그중에 일부는 평생을 모르는 채로 살아가야 한다는 사실을 더 일찍 알지 못했던 게 아쉽습니다. 그렇게 한다면 내 안의 모순을 굳이 드러내지 않고 남들이 이해하기 쉬운 부분만 드러내 더 많은 것들을 얻어갈 수 있었을 텐데요. 실제로 그것을 또 배우는 중이기도 합니다.

조금씩 다가가서 상대를 이해하려고 노력하면, 원래라면 내가 이해하지 못하는 속성의 것들도 점점 이해가 되기 시작하고 더 많은 것들을 순차적으로 알아갈 수 있습니다. 그것을 앞의 〈경계〉 챕터에서는 경계 탄력성이 생긴다는 표현으로 치환했습니다. 그린 존(적정)에 오래 머물면 경계가 진전되니까요.

남들이 보고 싶어하는 모습을 연기한다는 것은 두 가지 측면이 있습니다. 첫째는 본연의 나를 숨겨야 한다는 것에 모순을 느끼고, 있는 그대로의 나를 드러내고 싶은 솔직함. 둘째는 본연의 나를 감추고, 남들이 바라는 모습을 연기하면서 환심을 사는 짜릿함. 너무 치우치지만 않는다면 어느 쪽도 괜찮습니다.

이제는 모든 페르소나를 보여줄 필요가 없음을 알고, 적당한 인격 하나를 불러내서 편안히 사용하다 돌려보냅니다. 어차피 잠시 시간 내서 얘기할 뿐의 짧은 관계라면, 좋은 얘기로만 채워도 충분하지 않을까요? 어차피 나를 제대로 이해하지도 못할 사람인데요. 나를 지키는 방법으로 이만한 것도 없습니다.

알파고도 했다는 전설의 학습법

잠들기 전에 오늘의 대화를 돌아보면서 '그때 이 말을 했었어야 했는데' 이불을 차는 경험은 많을수록 좋습니다. 상상력과 자책이 상승효과를 일으켜 최고의 강화학습 환경을 만들어줘요. 세상에 10만큼 문제가 존재한다면, 그중 7~8이 인간관계 문제입니다. 이불을 차는 실력이 곧 문제해결 능력으로 이어집니다.

정말 많이들 자신이 세운 로드맵을 굳건히 유지하는 것만이 특이점을 찾아낼 최적 루트라고 오해해요. 그런 식으로 계획을 고집하면 복구 불가능한 거대한 실패를 만나게 되죠. 그보다 추천하는 것은 시행착오학습인데, 어차피 실패할 거라면 빨리 실패하는 게 낫습니다.

실패를 회피하는 실행은 영양가가 없어요. 사람은 모름지기 과거의 자신을 부정하면서 성장하는 법인데, 방어적인 태도 말고는 얻어갈 게 없기 때문이죠. 실패를 회피하는 것이 좋은 실행으로 이어지지 않음을 명심해야 합니다. 시행착오를 전제하고 실행하면 배울 점도 많습니다. 실패해도 괜찮습니다.

시행착오를 세련되게 말하면 강화학습이더라고요. 실패도 하나의 시행착오(=강화학습)죠. 생각 없이 반복하는 실행은 세련되지 않은데, 단지 그 일을 해치우려는 요행으로 무한 반복하기 때문이에요. 일을 해치울 목적으로 실행하면 안 되고 작업 프로세스를 개선하는 자기평가 과정으로 삼아야 해요.

'일을 해치운다'보다 더 높은 추상화 단계에 문제의식 수준을 두어야 비로소 실행이 유용해집니다. 일만 해치우고 끝낼 거면 실행은 윗돌 빼서 아랫돌 괴는 행위에 불과합니다. 예를 들어 양치질을 20년 한다고 모두 양치 전문가가 되는 건 아니잖아요? (물론 양치질은 루턴 이상의 의미가 있긴 하지만요.)

예를 들어 집안일도 추상화 단계를 올리면 얻는 게 있을 거예요. 문제해결 내지는 일 해치우기에만 골몰해서? 집안일을 일회성 이벤트라고 생각하기 때문에, 학습을 하거나 파이프라인을 개선해 볼 생각은 못하고 주먹구구식 실행만 하다가 끝나버립니다.

설령 문제해결에 성공했더라도 적당한 수준에서 만족하지 말고 항상 문제의식을 가져야 합니다. 현재 내가 도달한 지점이 국소 최적값(Local Maximum)일 가능성이 매우 높기 때문입니다. 전체 최적값(Global Maximum)을 찾으려면 봉우리에서 내려와야 합니다. 새로운 시행착오를 시작해야 한다는 거죠.

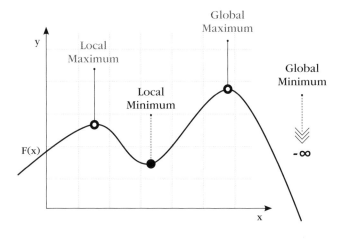

[실제로 작동하는 배움의 곡선]

실패를 두려워하지 마세요. 자신이 낳은 실패작을 용서할 수 있어야 합니다. 타인의 결과물에서 완벽함을 발견하는 것은 어렵지 않으나, 자신의 결과물은 언제나 미완성이기 때문입니다. 하지만 진정 위대한 걸작은, 망각의 틈으로 사라지는 무한한 실패작들의 무덤 가운데서 태어납니다.

강화학습(Reinforcement Learning)이란?

'강화학습'의 골자를 요약하면 아래와 같다.

① 잘된 결과물은 강화해서 더 잘하려고 한다.

② 안 된 결과물은 가차 없이 버린다.

③ 특이한 시도를 최대한 늘리고 결과를 피드백, 성과가 좋았던 시도를 학습 데이터셋에 포함시킨다.

결론. 특이한 시도를 늘려라. 실패를 두려워하지 마라. 문제의 추상화 단계를 올려라. 시행착오를 통해 강화학습하라.

Outtro

어떤 개인이나 집단이 이상 행동을 반복하더라도 그것을 단순 비판하기보다는 "왜 그럴까?" 질문을 던져봄으로써 더 큰 통찰을 얻을 수 있습니다. 답은 그때그때 다르겠지만 그럼에도 일반화시킬 수 있는 답이 두 가지 있습니다. ①행동에 따른 보상을 기대하며 행동하고 있음. ②그런 방식으로 꾸준히 보상을 얻어 갔음.

여기서 조금 슬플지도 모를 사실이 하나 추가됩니다. 지금껏 우리가 그들에게 져주거나, 양보하거나, 미온적으로 대처한 결과가 그들에게 보상을 제공해 왔다는 점입니다. 사람이 특정 행동을 취함으로써 원하는 자극이 제공됐다면, 자극을 위해 더 빈번하게 해당 행동을 취하게 됩니다. 심리학에서는 '강화'라고 부릅니다.

이상 행동에 대한 보상이 꾸준히 지속적으로 주어졌기 때문에 가속이 붙습니다. 아마도 그들은 자신들이 저지른 행동의 '이상성'을 인정하지 않을 것입니다. 마치 버릇없는 아이들이 버릇없이 굴면 보상으로 부모의 관심을 받을 수 있음을 학습해서 계속해서 버릇없이 굴고 인내심을 시험하는 것처럼 말이죠.

불규칙적이고 예측할 수 없는 시간 간격으로 강화하는 것이 훨씬 빠르고 효과적인 학습을 유도합니다. 이를 '간헐적 강화 계획'이라고 합니다. 충분히 강화된 상황에서 우유부단하게 저항하면 오히려 문제를 악화시킨다는 소리예요. 변화로 이끌려면 한번 세운 원칙을 철저하게 지키는 것이 무엇보다 중요합니다.

루틴으로 쌓아올린 나를 PR하기

자기소개서(자소서)에서 정성적인 어필을 하기로 결심한 경우에 꽤 괜찮은 내러티브를 하나 소개해 드리겠습니다. '내가 뭘 좋아하는지-왜 좋아하는지-전에는 이런 경험도 있었다-이런 적성을 혹시 필요로 하고 계시지는 않습니까?'의 PREP으로 연결시킵니다. 이런 식으로 어필하면 정성적인 채용 동기가 되는 거예요.

도대체 뭘 써야 할지 모르겠는 자소서는 정말 오만가지 내용들을 다 적을 수 있는 거 같아요. 자율 형식이라서 더 쓰기 힘든 거 같은? 그래서 얼마 전 강의에서 학생분들과 함께 머리를 맞대서 자소서에 들어갈 수 있는 내용들을 총정리해 봤는데 무척 좋았거든요. 이번 기회에 공개합니다!

1. 지원 동기

자소서에 들어가는 내용을 중요도 순으로 정리했습

니다. 1위는 지원 동기입니다. 지원 동기가 1위인 이유는 회사가 제일 듣고 싶어하는 이야기이기 때문이에요. (지원 동기를 뒤집으면 채용 동기가 됩니다.) 채용 동기를 적으세요. 회사는 회사가 당신을 뽑아야 하는 이유를 듣고 싶어합니다.

'너희가 어떤 직무를 원하는지 알겠고, 내가 마침 그걸 ①잘하거나, ②아니면 좋아하거나'를 보여줄 수 있다면 지원 동기에 관한 글이 됩니다. 모집 공고, 잡디스크립션(JD)을 읽어보면 어떤 사람을 요구하는지 다 적혀 있습니다. 상대중심적으로 사고해서 '그러니까 날 뽑아라'라고 결론지을 수 있어야 합니다.

반면에 '너희 회사 정말 좋고 내가 거기 들어가면 정말 좋은 커리어를 만들 수 있을 것 같아 지원했어'로 끝나는 지원 동기가 정말 많습니다. 이런 글의 결론으로

'그러니까 날 뽑아라'라고 말하는 게 얼마나 웃긴지 아시죠? 용비어천가는 용비어천가일 뿐, 이 사람을 채용할 동기로는 부족합니다.

지원 동기에 쓰면 안 되는 내용은 이것입니다. '나는 좋은 기획자가 되고 싶어서 지원했다'(자기중심적 사고방식), '업계에서 일을 한다면 이 회사가 가장 좋다고 생각했다'(역시 자기중심적 사고방식), '이 회사가 업계 최고다'(용비어천가). 이런 식으로 쓰면 결론도 이상하게 나옵니다. 쓰지 마세요.

'난 너희 제품을 써봤고, 너무 좋아하고, 직접 만들고 싶어서 지원했다'는 지원 동기는 보조적으로 짧게 쓰면 적당한 가점을 받을 수 있습니다. '면접=소개팅'이라고 가정했을 때, 플러팅 멘트에 해당하기 때문입니다. 하지만 이걸 메인으로 쓰는 우를 범하지 말기 바랍니다.

보조는 어디까지나 보조입니다.

마지막으로 지원 동기는 특정 회사를 콕 찍어서 저격하는 경우에만 커스텀해서 씁니다. 채용 사이트에 올리는 범용 자기소개서에는 지원 동기를 아예 적지 않거나, 무난한 것을 씁니다. 참고하세요.

2. 문제해결 서사

2위는 문제해결 서사입니다. 이미 너무 많이 강조해서 질리는 분도 계시겠지만, 한 번만 더 들어주세요.

- (서론) 어떤 사건이 문제라고 생각했고 (문제의식, 한두 줄로)
- (본론) 그걸 해결하기 위해 뭘 했으며 (문제 경과 혹은 해결 과정)
- (결론) 결과는 어떻게 되었고 뭘 배웠다. (결과)

①인턴&아르바이트

문제해결 서사에 인턴이나 아르바이트 활동을 쓰는
건 좋습니다. 인턴, 아르바이트는 돈을 받고 일하는 사
회의 축소판이기 때문에 의미가 있습니다. 인턴을 하면
서 해결한 문제와 배운 점에 대해 어필하되, '내가 선임
의 시간을 어떻게 아껴주었는가!' 하는 선임의 업무에
보탬이 된 부분이 제일 중요합니다.

②동아리&학생회

동아리나 학생회 활동에 대해서는 가급적 쓰지 않는
것이 좋습니다. 프로 의식 없이 일하는 경우가 많기 때
문입니다. 만약 쓰려거든, 프로가 보기에 '애들 놀이터
죠'라는 선입견부터 깨부숴야 합니다. 과도할 정도로
진지하게 문제해결에 임하는 모습을 보여주어 진지함
에 대해 강력하게 어필하세요.

③갈등 관리 서사

마지막으로 '갈등 관리'입니다. 쓸 수만 있다면 정말 좋습니다. 커뮤니케이션 어필이 추가로 되기 때문입니다. 인간의 고민 주제는 네 가지로, 돈, 진로, 건강, 인간관계 안에 전부 들어 있습니다. 나의 커뮤니케이션 스타일을 먼저 묘사하고, 갈등에 어떻게 접근하고 해결하는지 적으면 완벽한 자기소개가 됩니다.

3. 단점 적기

3위는 단점에 대해 적기입니다. 단점이 4위가 아닌 이유는, 장점에 비해 자소서 간 맞추기 좋아서입니다. 100% 좋은 얘기만 들어간 자소서보다는 20% 정도는 쓴 맛이 들어간 자소서가 전체적인 밸런스가 좋습니다. 단점을 쓰기 어려운 이유는 두 가지가 있습니다.

• 내가 나한테 이미 너무 많이 속았고 또 지금 현재

도 속는 중이라서. (스스로의 단점을 깨닫지 못함)

- 혹시 이걸 쓰면 밉보이지 않을까? 오해를 사지 않을까? 잘 보이고 싶은데…. (여과 없이 적는 것에 대한 불안함)

단점을 적기 힘든 것에 대해 이해합니다. 실제로 몇몇 단점은 적었을 때 치명적인 탈락 사유로 이어지기도 합니다. (저도 수업 도중 자소서를 첨삭할 때 "이 단점에 대해서는 적지 말라"고 알려주는 경우가 많습니다.) 그래서 단점 선별을 잘 해야 합니다. '이 단점에 대해 써도 괜찮을까?'로 주변과 꼭 상의하세요.

어쨌든 쓸 단점에 대해 정했다면, 두 가지 서술 방식을 구사할 수 있습니다. 첫째는 내 단점을 스스로 뚜까패는 방법입니다. 상술한 문제해결 서사를 사용합니다. '어떤 사건이 문제라고 생각했고, 그걸 해결하기 위해 뭘 했으며, 결과는 어떻게 되었고 뭘 배웠다'라고요. 문제해결 서사는 항상 평균 이상 가요.

둘째 서술 방식은 내 단점이 사실은 나에게 있어 축복이기도 하다는 논지입니다. 저는 정신승리법이라고 부릅니다. 아래와 같은 서사로 완성시킵니다.

- 절벽에 핀 꽃이 아름답다.
- 이 핸디캡이 나를 완성시키는 촉매다.
- 이 핸디캡은 내게 있어 축복이자 저주다.
- 핸디캡과 함께 살아가는 법을 배웠다.

4. 장점 적기

자소서에 적기 좋은 주제 4위는 장점입니다. 장점은 단점보다 훨씬 쓰기 쉬운 주제이지만, 감정과잉이나 자의식과잉에는 주의합니다. PREP(Point Reason

Example Point, 논지-근거-사례-논지 순으로 논리를 전개하는 문서 작성법을 말함)을 써서 최대한 드라이하게 적습니다. '드라이하게 적는다'는 감정표현을 사용하지 않는다는 뜻입니다. 묘사 기법을 최대한 활용하면 드라이한 글이 됩니다.

눈으로 본 것을 글로 옮기는 것이 묘사입니다. 자기가 보고 싶은 것만 보고 글로 옮기면, 독자 입장에서 객관적인 사실처럼 느껴집니다. 왜냐고요? 그야 직접 본 사실만 묘사했으니까요. 묘사를 잘 활용하면 객관적인 글을 쓸 수 있습니다.

장점을 서술할 때 자신이 어떤 사람이라고 정의하지 마세요. 어떤 상황에서 어떻게 행동했는지, 그걸 통해서 자신이 어떤 사람이 보여주세요. (소개팅에 나가서 "저는 어떤 사람이라고 정의할 수 있습니다" 이런 식으로 얘기하진 않잖아요? 대신에 있었던 과거 경험들을 결론이 있는 형태로 얘기해야죠.)

5. 가치관 어필

자소서에 적기 좋은 주제 5위는 가치관 어필입니다. 특히 커뮤니케이션 어필입니다. 아래 대화를 봐주세요.

피나: 본인의 커뮤니케이션 스타일이 어떠한지에 대해 서술해 주세요.

학생: 저는 사람들에게 먼저 다가가고 개인적으로 친해지려고 노력합니다.

피나: 더 자세히 말씀해 주세요.

학생: 제 커뮤니케이션은 어쩌구저쩌구…. 예를 들어

이런 적이 있었는데…. 어쩌구저쩌구…. 그래서 친한 친구가 되었습니다.

피나: 답변 잘하네요. 지금 답변하신 내용이 아주 좋은 자기소개인 거, 본인도 알아요?

학생: 아, 진짜요?

참고로 커뮤니케이션 스타일에 관한 질문은 이 글 끝 아웃트로에 나오는 6번에서 가져왔습니다. 가치관과 관련된 질문 리스트를 활용해서 자기소개서에서 써먹읍시다. 아웃트로에 제시한 질문들에 스스로 답해보세요. (좋은 질문에 훌륭한 답변이 나오는 법입니다. 좋은 질문들이 정말 많아요.) 자신의 가치관을 정의해 보세요.

6. 기술&역량

자소서에 적기 좋은 주제 6위는 자신 있는 기술, 역량입니다. 내가 잘하는 프로그램이나 구현 사례를 나열합니다. 간단한 요약(summary)을 자소서에 짤막하게 언급해 주는 것입니다. 요약만 하되 구체적으로 쓸 필요는 없습니다. 자소서보다는 경력기술서나 포트폴리오에 적는 것이 더 알맞습니다.

7. 불필요한 내용 (성장 배경, 인성)

이제부터는 자소서에 적지 않았으면 하는 내용들입니다. 자소서에 적기 나쁜 주제 2위는 성장 배경입니다. 성장 배경은 자신에 대해 거의 아무것도 설명해 주지 않습니다. 제가 학생 자소서를 첨삭하다가 발견한 성장 배경은 90%가 커트됩니다. 일부 자소서에서 OK사인이 나오는데, 아래와 같은 경우입니다.

성장 배경으로 시작해서 지원 동기로 연결시켰거나, 성장 환경을 극복하는 과정에서 발견한 진주를 이야기하는 문제해결 서사이거나, 성장 환경에서 생긴 핸디캡을 자신의 일부로 받아들여 담담하게 본인을 소개하는 '절벽에 핀 꽃' 서사의 경우에 그렇습니다. 이게 아닌 성장 배경 자기소개는 불필요합니다.

자소서에 적기 나쁜 주제 1위는 인성 어필입니다. 인성은 보통 정의로 시작해서 정의로 끝나는데, 내가 나를 정의하는 우를 범하지 마시기 바랍니다. 자소서는 자신을 정의하는 문서가 아닙니다. 자소서는 어떤 상황에서 어떻게 행동했는지 적는 문서입니다. 정 정의하려거든… PREP. 중간은 갑니다….

본인이 ○○한 사람이라고 주장하고 싶으면, 본인이 ○○한 사람이라고 정의하지 말고, ○○한 사람이 실제로 할 법한 말을 적으면 됩니다. ○○한 사람이 할 법한 말로 가설을 세워서 때려 박으시기 바랍니다. 가설을 때려 박을 땐 전체 글 첫 줄과 마지막 줄에 하나씩 박습니다. 그 후에 구체화합니다. 아래 간단한 예시가 있습니다.

- 게임기획은 가성비다.
- 커뮤니케이션에서 가장 중요한 것은 배려다.
- 게으름을 방지하기 위해 나는 아침 루틴을 실천한다.

자소서를 쓸 때는 결론부터 정해놓고 써야 합니다. 아무렇게나 쓰기 시작하면 결론 없는 자소서가 돼서 아무렇게나 탈락합니다. 위와 같은 결론을 자소서 마지막 줄에 박고 시작합시다. 결론으로 곧장 돌진합시다.

이상으로 자소서에 들어갈 수 있는 모든 주제를 하나의 글로 정리했습니다. 자소서의 결론은 하나입니다.

'난 이 회사에 필요한 사람이다. 그러니까 날 뽑아라.'
지원 동기를 쓰기보다는, 채용 동기를 쓸 수 있는 사람
이 되시기를 간절히 바랍니다. 그건 바로 '상대중심적'
인 사람이 된다는 뜻입니다.

자기소개서(Resume)란?

①**자신을 정의하는 문서가 아니다:**
'저는 ○○한 사람입니다' 같은 내용을 쓰는 문서가 아니다. '겸손
한 성실한 열심히 하는' 뭐 이런 거 다 안 되지만, '아침 일찍 일어
납니다. 음악을 좋아합니다. 매일 책을 읽습니다.' 이렇게 쓰는 건
괜찮은 문서다.

②**정보를 나열하는 문서가 아니다:**
보통 자신에 대한 내용을 줄줄이 두서없이 나열하는 사람들이 많
은데, 틀렸다. (단순 나열하면 엄청 없어 보인다.) 그보다는 자신의 어
떤 한 특성을 붙잡고, 깊게 고찰하며 파고들어가는 문서다.

③**문제해결을 최대한 많이 집어넣는다:**
'문제 인식 – 해결 과정 – 결과 및 배운점' 이렇게 3단으로 구성된
서사를 구사한다. 좀 더 풀어쓰면, '길을 가다가 물에 빠져서 다 젖
었는데 나와서 보니 주머니에 진주가 있었다.' 이런 내러티브를 최
소 두 번쯤 반복하는 문서다.

결론. 회사 직무에 대해 숙지한 후 지원 동기를 쓰는 것이 자소서 합격으로 이어진다. 지원 동기를 쓸 때는 내가 쓰고픈 지원 동기보다는 회사가 듣고 싶은 채용 동기로 써라. 서류에 합격했다면 면접용 지원 동기도 별도로 준비해서 면접 시작할 때 1~2분 정도 짧게 언급하라.

Outtro - 자소서에 무슨 말을 적어야 할지 모를 때
활용하면 좋은 질문들 23

---

1. 내향적인 사람인지 외향적인 사람인지 적는다.
2. 업무 피드백을 받을 때 어떤 포맷으로 받고 싶은지 적는다.
3. 업무 피드백을 받을 때 얼마나 신속히 받고 싶은지 적는다.
4. 갈등이 발생했을 때 어떻게 접근하고 행하는지 적는다.
5. 하루 중 가장 생산적인 시간대를 적는다.
6. 커뮤니케이션 스타일이 어떠한지 묘사를 적는다.

7. 무엇으로 가장 큰 동기가 솟는지 적는다.

8. 자신의 영웅이 누구인지 묻고 그 이유도 적는다.

9. 그 무엇보다도 가장 큰 가치를 부여한 것을 적는다.

10. 보유한 '슈퍼 파워'에 대해 적는다.

11. 지금까지 일해본 팀원/팀 중 가장 협력할 수 있던 구성에 대해 왜인지 적는다.

12. 지금까지 일해본 보스/멘토 중 가장 좋았던 사람에 대해 왜인지 적는다.

13. 다른 사람과 일하던 중 현재 일이 잘 돌아가지 않는다는 걸 언제 알았는지 적는다.

14. 업무 시간 계획을 어떻게 구성하고 보내는지 적는다.

15. 주간 계획을 어떻게 구성하고 보내는지 적는다.

16. 남과 비교했을 때 민감한 부분이 있는지 적는다.

17. 남과 비교해서 배우고 숙련되는 속도가 얼마나 걸리는지 적는다.

18. 남과 비교해서 매우 빠르게 받아들이는 것이 무엇인지 적는다.

19. 업무에서 절대적으로 존중되어야 하는 역린에 대해 적는다.

20. 워라밸이 나에게 어떤 의미를 갖는지 적는다.

21. 같이 일해본 사람들이 가장 높게 평가했던 능력에 대해 적는다.

22. 같이 일해본 사람들이 가장 약점으로 평가했던 능력에 대해 적는다.

23. 마지막으로 내가 가장 괜찮다고 생각하는 업무 환경에 대해 적는다.

_ 웹페이지 'Know Your Team'에서 발행한 글 〈신규 직원 비대면 온보딩 방법(How to onboard a new hire remotely)〉 중 "매니저가 신규 입사자와의 1:1 미팅에서 꼭 해야 할 질문 23선"을 자소서용으로 가공했습니다.

게임 업계 종사자들의
보상에 관한 대담

인간끼리의 교류가 즐거운 이유는 인간의 자유의지가 타인의 기대치를 끊임없이 뒤흔들기 때문입니다. 우리는 서로의 기대치를 조정하면서 보상을 주고 받습니다. 만약 기대한 그대로의 행동이 돌아온다면 질릴 수 있습니다. 날이 다르게 성장하는 사람과의 특별한 관계가 즐거운 것도 바로 그런 속사정이 있습니다.

하루는 직장 동료랑 같이 점심을 먹었는데, 루틴을 계획해서 뇌의 보상기전을 속이고 취미와 자기계발을 병행하는 법에 대해 길게 얘기를 나눴습니다. 내일 회사 게임이 프리 오픈이라, 그거에 관한 이야기를 하다가 논리가 점프해서 거기까지 가버렸네요. 꽤 유익한 내용이었기 때문에 여기에도 옮겨보았습니다!

동료: 내일 저희 게임이 오픈이잖아요. 처음에는 그냥 저냥 플레이하면서 게임을 익혔는데, 계속하다

보니 제법 하는 맛이 있더라고요. 놀랐어요.

피나: 그러셨군요. 저는 저희 게임이 막 미칠 듯이 재미있는 아드레날린 시스템보다는, 게임 플레이에 서서히 중독되는 도파민 시스템이 되길 바라면서 기획했어요.

보상예측오류 이론이라고 아세요? 2020년 1월 네이처 알파고 논문에 인용된…. (동료: 아… 그거 알아요.) 제가 게임을 기획하면서 랜덤을 최대한 많이 넣었는데, 이게 전투부터 시작해서 제작이라든가 던전 보상이라든가 온갖 곳에서 랜덤을 돌려서, 유저들이 보상을 예측할 수 없게 됐거든요. 그게 기획의 포인트죠.

도파민은 어떤 행동의 결과가 아니고 과정에서

나오는 거 아시죠? 보상을 예측하고 행동을 했는데 만약 보상이 예측과 크게 다르면, 그 순간 쾌락 물질인 도파민이 대량으로 분비되고 뇌는 예측 오류를 수정하기 위해 진지한 학습 모드가 되거든요. 게임과 슬롯머신의 랜덤은 이걸 위한 기계인 거고요.

동료: 아, 저도 그거 알아요. 상자에 갇힌 비둘기가 모이 주는 기계를 뚜들기는 영상이 있는데, 레버를 누를 때마다 일정량 모이를 주는 기계에 비해, 레버를 누를 때마다 무작위 양으로 모이를 주는 기계에서 비둘기가 더 열심히 레버를 눌렀다고 해요.

피나: 물론 잭팟도 있겠죠?

동료: 맞아요. (웃음) 진짜 미친듯이 레버를 두들기더라고요. 뭔가에 중독된 것처럼⋯ 그게 도파민에 중독된 거니까⋯.

피나: 맞아요. 그것도 보상예측오류 이론을 강화시켜주는 한 근거죠. 근데 정자와 난자가 수정하고 성장하는 과정을 보면, 뇌보다 유전자가 더 먼저 생겨나잖아요. 근데 우리의 뇌는 유전자보단 자신이 최우선이라는 거지. 뇌는 뇌가 젤 중요하고 유전자는 중요하게 생각지 않죠. 그리고 이건 제 생각인데, 만약 영혼이 있다면 뇌에 들어 있겠지, 유전자에 있지는 않을 거잖아요.

동료: 말씀이 재밌네요.

피나: 그래서 유전자는 뇌를 길들이기 위해 호르몬 시

스템을 만들어냈고요.

동료: 인간이 호르몬의 노예란 말도 이해가 되는 거죠.

피나: 맞아요. 뇌가 지능적이면 지능적일수록 번식 행위를 도외시하게 되는데, 그게 너무 지나치면 결국 후손을 남기지 못하게 되니까요. 그래서 고지능 개체들이 후손을 남기려면, 번식행위에서 도파민을 잘 수용하는 특성이 필요했던 거죠. 번식행위를 통해 도파민을 잘 수용하는 개체들만 후손을 남기는 게 가능했다고 볼 수 있겠어요.

동료: 유튜브를 보다 보면 그런 걸 정말 크게 느껴요. 주말에 유튜브 좀 보고 있으면 이틀이 훅 지나가더라고요…. 그래서 정말 유튜브를 좀 끊어보

려고…. 아 제가 유튜브를 맨날 폰에서 보거든
요. 그래서 앱을 지워보기도 하고, 제일 오른쪽
구석에 앱을 놔둬보기도 하고. 그래도 소용 없
더라고요.

피나: 아. 그거 저도 알아요! 확실히 유튜브가 보상을
후하게 잘 줘요. 호르몬 보상 측면에서요.

동료: 추천 콘텐츠 큐레이션이 뜨기 시작하면서 더 심
해진 것 같아요. 유튜브를 끌 수가 없어요….

피나: 그러면서 시간 훅훅 지나가고, 자괴감만 쌓이고
자존감 떨어지고.
그걸 해결하려면 뇌를 속이지 않음 안 돼요. 유
튜브란 취미를 보상으로 활용해 보세요. 제 경
우 드라마를 보고 싶으면 운동을 하라는 루틴을

세우고 실천했는데, 생각보다 이게 욕구 억제랑 자기계발에 효과적이더라고요. '운동을 하지 않으면 드라마를 못 봐? 그럼 운동해야 해!' 이렇게 만들면 좋아요.

이걸 계속 반복하면 뇌가 속아 넘어가요. 뇌는 결국 도파민을 쉽게 얻고 싶은 것 뿐인데…. 도파민을 얻으려면 운동을 해야 하니까?

동료: 아. 그러면 운동을 해야겠네요.

피나: 그렇죠. 그렇게 운동하고 나서 드라마를 보면, '난 해냈어!' 같은 느낌이 되어 죄책감도 덜하고 자존감도 올라가요! 하지만 반대로 아까 말씀하신 것처럼 취미나 보상을 억압하게 되면, 일종의 폭식 행위가 나타나기도 하고요.

동료: 아 맞아요. 완전 몰아 보게 돼요.

피나: 게다가 폭식은 습관성이라, 점점 더 심하게 중독되고 헤어나올 수 없게 돼요. 폭식이 시작된 경우 함부로 도파민 보상회로를 억압하면 안돼요.

대충 이런 대화를 했고 그 뒤에도 엔도르핀(스트레스 상황에서 결과에 집착하는 호르몬), 옥시토신(사랑 호르몬) 세로토닌(행복 호르몬), 아드레날린(재미 호르몬), 모르핀(마약), 아나볼릭스테로이드(근성장 호르몬) 같은 이야기도 쭉 했는데, 그거까지 적기엔 너무 산만한 구성이라 여기서 끊겠습니다!

보상(Reward)이란?

보상은 두 가지 관점에서 정의가 가능하다. 첫째는 외적 – 결과 보상으로, 우리가 일상생활을 살면서 어떤 행동의 대가로 받는 것을 보상으로 정의한다. 어떤 행동의 결과물(월급) 같은 것을 외적 보상으로 볼 수 있다.

둘째는 내적 - 과정 보상으로, 우리가 의미 있다고 여기는 경험 그 자체를 보상으로 정의한다. 어떤 행동의 과정(유럽여행) 같은 것을 내적 보상으로 볼 수 있다. 여행의 추억 말고는 남은 게 아무것도 없어도 우리는 여행을 충분한 보상으로 받아들인다.

결론. 뇌의 보상 시스템에 대해 공부하면 이중으로 최적화된 계획을 세울 수 있다. 이중으로 최적화된 계획은 루틴이면서 패시브스킬처럼 동작한다. 다이어트가 액티브스킬 '운동'보다 패시브스킬 '식습관'의 영향을 더 크게 받는 것처럼. (결국 루틴이 중요하단 소리고 게임이야말로 루틴 디자인의 극의다.)

Outtro

사람이 호르몬 기계임을 상기해 봤을 때 '포르노 중독=

지능저하'는 필연적입니다. 남들이 학업이나 운동, 성취와 좌절, 타인과의 교감을 통해 고생해 가며 도파민이란 보상을 획득할 때, 그거 힘들다고 음란물이나 보면서 뇌에게 도파민을 공급해 주면, 그 사람의 뇌가 과연 어느 방향으로 최적화될까요?

자신에게 얼마든지 보상을 줄 수 있는 상황이라도 살짝 부족하게 주는 사람들이 도파민 컨트롤을 잘하는 거예요. 예를 들어 베스킨라빈스를 갔는데 부모님이 아이스크림을 사준다고 해봐요. 파인트를 시켜서 혼자서 다 먹을 수 있을까요? 물론 혼자서 다 먹으면 행복하겠죠. 하지만 거기서 절제를 발휘해 본다면 어때요?

내가 가진 욕망과 그에 대한 만족을 극한까지 추구할 수 있는 건 물론 굉장히 좋은 권리가 맞아요. 하지만 절제를 발휘할 수 있다면 뇌의 보상 시스템을 세팅하는 데 극도로 유리해집니다. 정말 힘든 일을 해낸 후에 스스로 칭찬하고 큰 상을 줘야 하는 이유가 바로 도파민 때문이에요. 평소엔 그만큼 절제하세요.

좋아하는 드라마 다음 화를 보고 싶으면 운동을 30분 하는 식의 '보상 계획'을 세워서 사용하면 뇌를 쉽게 속여 넘길 수 있어요. 자신과의 약속을 세우고 그것을 지킬 것. 루틴이 우리에게 중요한 이유입니다.

고3 때 놀면 왜 재미있을까?

나쁜 습관은 단순히 시간만 낭비하고 끝나는 게 아닙니다. 모든 나쁜 습관에는 가속도가 존재하거든요. 나쁜 습관에 속도가 붙을수록 더 많은 도파민이 나와서 뇌를 망치게 되고, 더 위험하고 스릴 있고 도덕률에 반하는 자극을 찾아서 헤매는 악순환을 만듭니다.

현생에 루틴이 왜 중요하냐면 도파민 폭주를 막아주기 때문에 그렇습니다. 고자극의 도파민에 자주 노출되는 사람은 평상시에도 도파민 결핍에 시달리는데, 도파민의 원천이 될 자기 효능감을 어떻게든 찾아내려고 실용적인 일에 비합리적으로 몰두하다가, 루틴 다 무너지고 고자극으로 회귀하는 루프에 빠지고 말아요.

시간 계획을 잘 지키고 일상을 루틴화하는 것이 도파민 기전을 정상으로 유지시키는 데 큰 도움이 됩니다. 도파민 기전은 보상예측오류 이론에서 거의 설명되었습니다. 루틴을 깨고 일탈을 행할 때 도파민이 극도로 뿜어져 나옵니다. 랜덤 박스가 도파민을 자극하고 중독을 불러오는 이유도 루틴 보상이 아닌, 지 맘대로 보상을 뱉기 때문이고요.

이미 도파민 기전이 무너진 사람은 이를 정상화하기 쉽지 않습니다. 약의 도움을 빌리면서 자기 효능감을 찾아낼 방법을 고안해야 하는데, 실용적인 활동에 대한 집착을 버리는 것도 하나의 방법입니다. 인지 지능과 참을성이 저하된 상태에서 실용적인 활동을 계속 유지하는 것은 현실적으로 불가능하거든요.

마음이 급할수록 손해를 메꿔야 한다는 강박 때문에 극한의 실용주의를 추구하게 되는 것은 인간의 공통된 성향이기도 합니다. 사실은 누구보다도 여유가 필요한 상황인데, 거꾸로 자신을 몰아세워요. 다른 말로 표현하면 죽도 밥도 안 되는 상태? 그런 루프에 빠졌다면 비실용을 끼워넣는 게 중요하다고 봅니다.

루프가 시작되면, 극도로 실용적인 활동에만 매달리려고 하지만 실제 생산성으로 연결되지 않습니다. 최악을 가정하면 이것은 사실 당연한데 ①참을성이 극도로 저하되었고 ②인지 저하로 무엇이 옳고 무엇이 그른지 판단할 수 없으며 ③보상기전이 망가져 보상 시점까지 버틸 참을성이 바닥났기 때문입니다.

장기 계획을 기준으로 시야를 넓게 가져야 하나 인지 측면에서 받아들이기 힘듭니다. 왜냐하면 지금 당장 극복하고 싶기 때문입니다. 하지만 당장은 불가능한데, 도파민 기전의 수리에는 시간이 걸립니다. 약도 최대치로 복용하는 경우 약 줄이는 적응기를 생각하면 빨라도 수년이라, 현실을 받아들이기 어렵습니다.

루프의 심연으로 간 사람의 회복 일정을 산정해보면, 1년 안에 빠져나오는 사람이 주변에 드물었습니다. 그럼에도 1년 계획을 세우지 못하기 때문에 이러지도 저러지도 못했던 것 같아요. '지금 당장 나오_야해 당장 모드_ㄴ게 너무 ㄴㅈ었어…' 같은 인지이기 때문에 스스로를 객관적으로 바라볼 수 없습니다.

심리학자 융의 말처럼 정신요법의 첫째 목적은 환자를 실현 불가능한 행복의 상태로 데려다주는 것이 아니라, 고난에 직면하고도 끄떡없는 인내와 확고부동함을 갖도록 돕는 것입니다. 최악에 처한 자신조차도 인정하고 받아들일 수 있을 정도로 강한 심지를 가지도록 돕는 것이 모든 정신요법의 가장 중요한 목적입니다.

비실용적인 뭔가로 시작해야 합니다. 그걸로 지능과 문제해결 능력을 회복하고 참을성도 되찾는 거예요. 실용적인 행동의 의의는 높은 생산성에 있는데, 정상인과 생산성을 비교하는 과정에서 되레 자기 효능감을 잃기 쉽습니다. 반면에 비실용적인 행동은 비교할 필요가 없으며 달성 자체에 의미를 둘 수 있지요.

예를 들면 독서를 하거나 영화를 보는 것입니다. 끈기와 인내심을 갖고 도전할 수 있는 것들을 시도해 봐야 합니다. 그래야만 여정을 끝마치고 찾아오는 카타르시스와 해방감을 느끼면서 도파민 보상기전을 되살릴 수 있습니다. (그렇기 때문에 참을성 없는 사람에게도 도파민을 주는 유튜브 동영상은 절대 안 돼요.)

혼자서도 가능한 루틴을 돌리면서 참을성부터 기르세요. 어쩌다 루틴이 깨어져도 자책하지 마시고요. 그만두지 않는 것이 중요합니다. 마지막으로 강조하고 싶은 것은, 당신은 현재 스스로 가고 있는 방향이 맞는지

틀린지 자가 판단이 대단히 힘듭니다. 반드시 주변과 상의하고 의료진의 도움을 구하세요.

도파민(Dopamine)이란?

뇌의 보상기전에서 가장 중심이 되는 신경 호르몬이다. 어떤 일을 성취할 때마다 소량 분비되어 성취를 독려하는 역할을 한다. 하지만 보상예측오류 이론에 따르면, 꾸준하고 착실하게 주어지는 보상보다는 불확실하지만 대박이 터지는 보상에서 도파민이 더 많이 분비되는 경향이 있다고 한다.

결론. 루틴을 깨고 일탈을 행할 때 도파민이 극도로 뿜어져 나온다. 하지만 루틴을 끝까지 지켜냈을 때에 은은한 세로토닌을 얻을 수 있다. 은은함에 익숙해져야 한다. 중요한 것은 그만두지 않는 것이다.

Outtro

노력 없이 큰 보상을 바라고, 뭐든 거저 얻으려고 하고, 무조건 쉬운 길로 가려고 하는 방향성은 도파민바라기 뇌의 입장에서는 사실 당연합니다. 도파민 보상기전은 인류의 생존 본능과 연결되어 있고 실제로 생존에도 유용하기 때문에, 계속해서 자손을 남기는 데 성공해서 오늘날 우리에게도 유전되어 왔어요.

보상예측오류 이론에 따르면, 뇌가 어떤 보상을 예측하고 합리적이라고 생각해서 행동했는데, 얻은 결과의 보상값이 예측한 보상값과 지나치게 차이날 때, 실패한 예측과 거기서 오는 불확실성을 보정하려는 뇌의 학습 행동이 일어납니다. 이 학습을 장려하기 위해 인간 유전자가 세팅해 놓은 것이 도파민 메커니즘입니다.

한번 분비된 도파민은 수용체에 결합함으로써 쾌락을 주고 그 후에 재흡수되면서 사라지는데, 뇌가 쉽게 도파민을 얻을 방법을 찾아내면 하루 종일 그것만 기다리는 상황이 발생합니다. 더불어 도파민 수용체의 기능을 저하시켜서 어지간한 도파민은 도파민처럼 느껴지지도 않는 상태 이상이 추가됩니다.

도파민 기전을 수복할 때는 '난 일련의 잘못된 행동들을 한 번에 끊을 거야'라는 결심으로 출발하지 말았으면 합니다. 오히려 지나친 자기통제가 폭주로 이어질 수 있어요. 도박 중독자가 처음부터 한 번에 끊지 않고 "이번 주만큼은 어떤 성취를 이룬 후에 도박을 하겠다"라고 말하는 것이 오히려 도움이 될 수 있습니다. 참을성부터 훈련하세요.

무엇보다 인생을 거저먹으려 하지 말 것. 뇌가 제일 좋아하는 것이 인생을 거저먹는 것입니다. 뇌의 어린애 수준인 투정에 지지 말고, 어른답게 대처하세요. 그러면 올바른 보상기전이 확립될 수 있고, 도파민 수용체가 줄어들지도 않으며, 도파민 분비량도 꾸준해지고, 지금보다 더 행복해질 수 있습니다.

마지막으로 자신의 단점을 치부처럼 생각하거나, 부끄러워 마셨으면 좋겠습니다. 나약함을 없애고 가리려고 노력지 말고, 그것과 함께 살아가는 법을 익히시면 좋겠습니다. 절벽에 핀 꽃이 평지의 꽃보다 아름다운 법입니다. 9.11 테러를 수습했던 한 소방관은 당시의 기억으로 몸부림치면서도, 그날의 기억들을 지우고 싶지 않다고 대답했습니다. 한 때의 단점도 나중에는 힘차게 살아갈 용기를 줄 거예요.

이상만 높고 현실은 시궁창일 때

말과 행동이 일치하는 사람엔 두 가지 부류가 있죠. 문제적 행동에 말을 맞추든가(인지부조화), 반복되는 실천으로 이상에 행동을 재정렬하든가(점진적 개선). 문제를 자가 진단할 인지가 있고 거기서 행동을 교정할 의지가 있다면 후자가 될 수 있고요. 그게 불가능하면 자기 합리화로 수준이 떨어집니다.

열등감이 해로운 이유는 열등감이 이상과 현실을 맞비교하면서 인지부조화를 일으키기 때문입니다. 우리는 몇 가지 방법으로 열등감에 대응하는데, 가장 흔하게 쓰이는 것이 열등감을 억압해서 무의식으로 가라앉힌 후, 열등감을 일으키는 대상을 도덕적으로 모함해서 인지부조화를 해결하는 것입니다.

열등감을 억압하면 장점이 있습니다. 사람들의 평가에 일희일비하지 않게 됩니다. 초연하고 쿨한 사람이 될 수 있습니다. 나는 떳떳한 사람입니다. 그야 열등감을 일으키는 대상은 도덕적인 흠결이 있는 반면, 자신은 도덕적으로 무결하니까요? 그래서 열등감을 억압하는 방법이 인기 있는 것 같습니다.

하지만 제 개인적으로는 열등감을 그냥 인정하는 게 좀 더 발전적인 태도라고 느낍니다. 열등감을 인정하면 억압의 장점들이 모조리 단점이 됩니다. 초연하지 못하고 일희일비하게 됩니다. 사람들의 말에 흔들리는 새 가슴이 됩니다. 인지부조화를 해결하지도 못합니다. 제 자신이 너무나도 부족한 사람처럼 느껴집니다.

하지만 스스로를 부족한 사람으로 인정했기 때문에 다른 사람의 의견을 받아들일 수 있는 사람이 될 수 있습니다. 무엇보다도 스스로를 속이지 않아도 됩니다. 대신 남들 앞에서는 열등감을 인정하는 모습을 보여주면 안 됩니다. (패배주의로 흐를 수 있습니다.) 초연한 척 아무렇지 않은 척 연기하세요.

남을 속이는 게 자신을 속이는 것보다 낫습니다. 자신을 영원히 속일 수는 없기 때문입니다. 남들 앞에서는 최대한 우월한 자신을 연기하면서, 자신에게 있는 열등감을 연료로 삼아 이상과 현실이 겹치도록 노력하면 됩니다. 그러면 우리가 가진 이상이 더 이상 거짓말이 아니게 될 날이 분명히 옵니다.

인지부조화(Cognitive Dissonance)란?

높은 이상에 도저히 비길 수 없는 자신의 초라한 현실을 맞비교하면서 고통받는 현상이다. 사람들은 실로 여러 가지 방법으로 인지부조화를 해결하는데, 이 중 어느 방법을 애용하느냐에 따라 미래에서 나의 위치도 결정된다.

결론. 사람들은 자신의 모순을 본인도 모르는 곳에

꽁꽁 숨겨둔다. 얼마나 유치한 욕망을 가졌는지 숨기고 합리화한다. 내 안의 모순들을 발견하고 인정하라. 인지부조화를 방치함으로 한 꺼풀 더 성장하라. 나의 결심에 저항하는 나를 죽이고 또 죽여라.

Outtro

연애에 환상을 품지 마세요. 고통스러운 점도 많아요. 연애를 통해서 인간은 인간답게 성장합니다. 성장에 고통이 따른다는 점을 기억하면 연애가 얼마나 고통스러운지도 유추할 수 있습니다. 잘난 사람과 연애하고 싶어서 막상 잘난 사람 곁에 서면, 자괴감과 자격지심이 어떻게 관계를 해치는지 깨닫습니다.

그렇게 연애를 통해 자기 분수를 깨닫는 거죠. 연애에서 인지부조화를 해결할 방법은 세 가지입니다. 관계를 포기하거나. 자신을 끌어올리고 파트너에 부끄럽지 않은 사람이 되거나. 파트너를 끌어내려서 자신의 수준까지 떨어트리거나. 인지부조화를 방치하고 영원히 고통

받아도 되고요. 선택은 각자의 몫입니다.

어쩌면 연애는 나의 모순을 인정하기 위한 하나의 단계가 아닌가 생각합니다. 보통은 모순을 꽁꽁 숨기거든요. 연애를 통해 제가 얼마나 유치한 욕망을 가진 사람인지 깨닫습니다. 그렇게 발견한 인지부조화를 부정하지 않고 방치하고 싶어요. 조금씩 나의 잘못을 인정하고, 더 나은 인간이 되는 거죠.

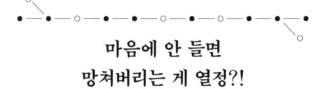

마음에 안 들면
망쳐버리는 게 열정?!

누구나 열정이 끓어 넘치는 걸 한 번쯤 경험해 볼 필요가 있습니다. 열정으로 끓어 넘쳐본 냄비는 내열성을 갖추고 용량 자체를 키우는 반면, 끓어 넘쳐본 적 없는 깨끗한 냄비는 오히려 그것을 아이덴티티 삼아서 미래에도 깨끗하려고 안간힘을 쓰기 때문입니다. 데일리 냄비는 전자입니다. 후자는 그저 관상용입니다.

조직을 운영하면서 깨달은 점 중에 가장 의외였던 점은, 가장 열정적으로 일하는 사람일수록 쉽게 실망하고 금방 지치며 프로젝트에도 (악)영향을 크게 준다는 점입니다. 그들은 야망이 크고 욕심덩어리이며, 프로젝트 전체를 백지화할 기회를 호시탐탐 노리고 있습니다.

오해가 없도록 명확히 정의해 두죠. 프로젝트가 정상적으로 진행되고 있는 것처럼 보이면(실제로는 제대로 진행되고 있지 않더라도) 그들은 조용히 자기 할 일을 합니다. 하지만 프로젝트가 산으로 가는 것처럼 보이면(실제로는 제대로 진행되고 있더라도) 그들은 '프로젝트 전체의 전복'을 꿈꿉니다.

왜냐하면 그들은 프로젝트를 잘 마무리하고 싶기 때문입니다. 열정적일수록 자신의 작업물에 더 많은 감정이입을 하며, 더 많은 가치판단을 행하고, 더 주도적으로 자신의 할 일을 결정(하고 싶어)합니다. 결과적으로 실무에서 괴리되거나, 직위를 남용하거나, 물밑에서 상향식 개발을 주도하게 됩니다.

열정적인 이들은 프로젝트에서 보물 같은 존재입니다. 열정 없이는 끝내주는 아웃풋도 나올 수 없기 때문입니다. 관리자는 ①신뢰성 있는 프로젝트 비전을 지속적으로 공유해야 하며, ②구성원에 건 기대치와 그 한계선을 명확히 긋고, ③상향식 개발은 공개 채널

(public forum)에서 이루어질 수 있도록 컨트롤해야겠습니다.

열정(Passion)이란?

팀 공동의 문제를 마치 자기 일처럼 생각하고, 자기 주도적으로 해결하려 노력하는 뜨거운 마음이다. 상술한 대로 열정에 양면성이 있어서인지, 긍정적인 의미와 부정적인 의미로 모두 쓰인다.

결론. 개인이 열정을 가진다는 건 조직 차원에서도 대단히 좋은 신호다. 조직이 본궤도를 유지하는 데 열정은 굉장한 도움이 된다. 자신의 열정을 마음껏 펼쳐라. 한번 펼쳐진 열정을 가지런히 정리하는 것은 조직내 중간관리자의 몫이다.

(당신이 중간관리자라고? 그렇다면 팀의 열정을 관리하라. 많이 칭찬하라. 팀의 공은 팀에게 돌려라.)

Outtro - Backlog Case A

질문자 1: 지금 저의 상황과 거의 동일해서 '내 진짜 목적이 뭐지?' 생각해 보게 되네요. 상향식 개발을 모의하고 있는 것마저 정확합니다. 어찌 행동해야 할지 많이 혼란스럽네요. 이대로 침묵해야 할지 전복을 시켜야 할지… 첫 선택은 탈출이었는데 실패했네요….

Outtro - Backlog Case B

질문자 2: 제가 이런 질문 드리는 게 결례인 걸 알지만 너무 답답한 마음에 질문드립니다. 제가 지금 뒤늦게 프로젝트에 결합한 가장 열정적이고 경험이 많은 팀원이고 프로젝트 오너는 경험도 전무하고 열정도 없는 상황입니다. 프로젝트가 산으로 가고 있는 상황에서 저는 어떻게 해야 할까요?

저로서는 모든 시도는 다 해봤는데 전혀 먹히

지 않고요… 피나님의 트윗보고 뜨끔했던 것
은 프로젝트의 전복을 꿈꾼다고 하신 부분입
니다… 속마음을 들킨 것 같아서요… 이 프로
젝트에서 대충 자리나 지키다가 망하고 나면
제가 다시 꾸릴까 하고 있었거든요….

Outtro - Backlog Case Answer

피냐: 많이 힘드실 거라고 생각합니다. 다음 방법을 추
천드려요. 첫째는 현재 상황을 받아들이고 최
선을 다하는 거예요. 주어진 조건을 맞추면서도
창조성이나 장인정신을 발휘할 수 있는 부분들
이 분명 존재합니다. 디테일 안의 문제를 해결하
세요.

둘째는 팀 리더와 상담하시는 겁니다. 제가 커뮤
니케이션에서 젤 중시하려고 노력하는 부분이
'결정하기 전에 의논하라(ACBD, Always Consult
Before Deciding)'입니다. 모든 사람에게 있는 나
쁜 버릇 중 하나는, 자신의 원리원칙에 맞지 않

는 결정을 하지 않으려고 합니다. 의논하세요. 납득하라는 말이 아닙니다. 자신의 결정을 그와 함께 내리는 것 뿐입니다.

팀장님과의 상담에서 "회사에 불만이 많으셨겠어요" / "불만이 다소 있었으나 조직 내에서 제가 기여할 부분을 찾았고, 이런저런 디테일에서 이런저런 구체적 시도를 통해 장인정신을 발휘하려고 노력했습니다" 같은 대화만 가능해져도 경력계발에 큰 도움이 되시리라 생각합니다. 파이팅!

[재능]

사람마다 어울리는 재능이 다르다

나쁜 환경을 박차고 나와 더 나은 조건과 환경 가운데로 들어가야 합니다. 바꿀 수 없는 과거와 바뀌지 않는 사람들과 작별하고 나와 함께할 커뮤니티를 향해 가야 합니다. 충분히 성공했다 느끼기 전까지는 재능을 정의하지 마십시오. 재능을 부정하십시오. 충분히 성공한 후에 재능을 재정의하십시오.

재능이란 무엇일까요? 제가 생각하는 재능은 완전한 허상입니다. 그런 건 없다는 게 제 솔직한 감상이에요. 이를 뒷받침해 줄 재미있는 인용구가 하나 있습니다. "이 분야에선 재능이 성공을 낳는 것이 아니라 성공이 재능을 낳는다. 우리가 흔히 재주라고 말하는 것이 실은 사후에 부여된 속성이다."

어째서 재능이 사후에 부여되는 건가요? 간단합니다. 그야 재능을 증명할 방법이 성공밖에 없기 때문입니다. 오직 성공한 사람만이 우월한 결과물을 근거로 신의 재능을 증명합니다. 관련해서 이 인용구도 꽤 유명하죠. "성공한 사람들의 인생은 성공한 후에 포장되어 평범한 사람의 인생을 망친다."

따라서 어떤 사람의 성공의 비밀을 알아차리더라도, 그닥 도움은 안 될 겁니다. 그 사람과 우리는 완전히 다른 특성을 가지고 있으니까요. 어떤 사람이 머리가 좋아서 성공했음을 모두가 알더라도, 동일한 머리가 우리에게 달린 것도 아니잖아요? 그의 머리와 우리의 머리는 다릅니다. 당연한 이치예요.

위 현상에서 우리는 두 가지 가설을 유도할 수 있습니다.
'어떤 사람의 재능을 일반화할 수 없다.'
'어떤 사람의 재능은 그 사람 전용이다.'

그리고 논리 비약을 하나 하겠습니다. 다시 말해 재능은, 마치 한의학 처방 같은 거 아닌가요? 한의학은 사람에 맞춰 처방을 달리 하잖아요. 재능도 그런 거죠.

제 맘대로 논리 비약한 덕분에, 재능에 대한 중요한 일반론 하나를 얻었습니다. 일반적으로 정의되는 재능이란, 그 사람 전용이고 아무나 범용할 수 없습니다. 그렇다고 한다면 우리 몸에도 딱 맞으면서 아직 발견치 못한 재능이 분명히 있을 것입니다. 마침 관련해서 좋은 표현 하나를 찾아냈습니다.

무라카미 하루키가 첫 소설을 쓰기로 했을 때, 그는 아무것도 쓸 게 없다는 것에 착안해서 글을 쓰기로 했다고 합니다. 보통의 작가라면 글감부터 고민했을 것입니다. 하지만 하루키의 고민은 글감에서 출발하지 않았습니다.

어쩌면 하루키는 보통의 작가가 되고 싶지 않았던 것 같습니다. 그보다는 보통의 작가들과 자신을 차별화할 수단을 탐구했고, 그 무기로 '아무것도 쓸 게 없다'는 자신만의 장점을 찾아냈습니다.

한번 상상해 보세요. '글감 없음'은 누구에게나 있는 평범한 특성이지만, 소설가 지망생에게는 어쩌면 희귀한 재능인지도 모릅니다. 하루키는 그걸 무기로 삼아 첫 소설《바람의 노래를 들어라》를 히트시켰습니다. '글감 없음'은 이제 막 소설가가 되기로 결심한 사람에게는 의외로 썩 어울리는 재능이었던 겁니다.

이제 결론을 내겠습니다. 재능이란 자신에게 가장 알맞은 무기를 발견하고 계발하는 능력입니다. 그 무기는 흔한 특성이거나 희귀한 특성일 수 있습니다. 하지만 여기서 희귀도는 중요치 않습니다. 중요한 것은 '오직 성공한 사람만이 재능을 증명한다'는 것입니다. 그때까지 재능은 허상에 불과합니다.

재능(Gift)이란?

다른 사람이 가질 수 없는 독보적이고 독창적인 그 사람만의 전용 능력이다. 다른 사람이 이를 따라하는 것은 무척 힘들다.

결론. 재능에 집착하지 마라. 그보다는 나에게만 있는 전용 능력을 발견해서 키워야 한다. 나만의 독창적인 기술을 계발하라. 그렇게 발견한 기술을 아무도 따라할 수 없다면 나만의 재능이 된다.

Outtro

사회에서 필요로 하는 사람이 되려면 두 가지 방법이 있습니다. 첫째는 규격에 맞는 인재가 되는 것입니다. 보통 이공대를 나온 경우 가능합니다. 문과인 경우 시험을 패스하거나 아니면 언론/출판계 같은 쪽이면 가능합니다. 규격에 맞는 인재는 대체품이 많기에 쉽게 회사를 찾을 수 있습니다.

둘째는 규격 외 인재가 되는 것입니다. 이 경우 자신의 재능을 직접 세일즈해야 합니다. 사회에서 널리 원하는 보편적인 인재상은 아니기에 아무래도 평범한 조직에선 인정받을 수 없습니다. 하지만 자신만의 공간을 발굴해 낸다면 굉장한 인재가 될 수도 있고요. 도서《다동력》을 추천합니다.

규격에 맞는 인재가 된다는 것은 기존 공간에 들어가는 것이고, 규격 외 인재가 된다는 것은 자신만을 위한 공간을 만들어내는 것입니다. 신규 인력 시장을 창출하는 거라고 보셔도 됩니다. 그래서 좀 더 어렵습니다. 짧은 내용에 모든 것을 담기가 어렵네요. 설명을 하면 그렇다는 것입니다. 힘내세요.

무엇을 포기할 것인가

분야: 커뮤니케이션

Decision Making

①내가 머무는 환경, ②내가 만나는 사람들, ③내가 시간을 보내는 방식. 위 세 가지를 근본적으로 바꾸지 못하면 모든 자기계발이 백해무익합니다. 인간은 글을 통해 배우는 것보다 100배는 많은 것을 태도를 통해 배웁니다. 이는 뇌가 모방의 천재이며 루틴에 지배당하기 때문입니다.

어떤 문제 상황에 봉착해서 계획을 핸들링하고 현명하게 의사결정하려면 세 가지가 중요합니다. 첫째는 매몰비용을 잊어버리는 것입니다. 둘째는 단기 목표와 장기 목표를 설정했으면 페달링에 집중하는 것입니다. 셋째는 ACBD(어떤 의사결정을 내리든 항상 주변사람과 상의하라)입니다.

①매몰비용은 경제학 용어인데, 이미 지나가서 바꿀 수 없는 비용을 말합니다. 의사결정에서는 과거를 두고 후회하거나, 절대 바뀌지 않는 주변 사람들을 붙잡고

'제발 좀 바뀌어라' 낭비하는 비용들이 이에 해당합니다. 오래된 후회, 헛된 기대는 접으세요. 인간의 자유의지를 인정합시다. 내가 원하는 대로 과거와 타인이 통제될 거란 망상은 버려야 합니다.

②단기 목표는 낮게, 장기 목표는 높게 잡아야 의욕을 유지하기 쉽습니다. 단기 목표는 1개월 전후로 잡으면 되며, 장기 목표는 최소 1년 이상의 계획으로 설정합니다. 중기 목표는 잊어버려도 괜찮습니다. (6개월짜리 목표는 사실 큰 의미가 없었는데, 중간중간 계속해서 계획이 수정되는 것을 피할 수 없더라고요.)

③위와 같이 계획을 관리하다 보면 내 위치를 파악할 필요가 생깁니다. 대화가 통하는 사람을 만나서 상의할 필요가 있고 그럴 때마다 계획이 성공적으로 수행될 확률도 오릅니다(핸들링). 사람들이랑 얘기하면서 내 현

인식이 틀리지 않았는지 점검하는 거죠. 자칫 자신이 문제를 잘못 이해하고 있었을 수도 있기 때문이에요.

100의 노력을 투여한다고 했을 때, 핸들링(방향을 수정하는 것)과 페달링(방향대로 나아가는 것)은 20:80 비율로 힘 배분하는 쪽이 가장 좋은 결과를 냈습니다. 일주일에 하루이틀은 쉬면서 사람을 만나고 지난 한 주간 이룬 계획과 다음 한 주의 계획에 대해 이야기할 수 있는 사회성을 갖추어야 합니다. 100의 힘으로 페달링만 한다면 반드시 전복됩니다.

좋은 선택만 하는 인생을 사는 것은 불가능합니다. 어떤 행동이 선인가 악인가, 결과가 나올 때까지는 알 수 없는 것도 있습니다. 따라서 중요한 것은 지금의 자신을 믿는 강함입니다. 후회 없는 결과물을 내놓았고 전력도 다한 끝에 기다리고 있는 것이 패배였다면, 결과를 받아들이는 데 어려움이 덜합니다.

패배가 확실시되는 상황에서도 진검승부해서 지는 경험이 너무나도 소중합니다. 전력을 다하는 연습이 앞으로 인생에 꽤 큰 가르침을 줍니다. 단기적인 목표가 실패해서 쓰러진 사람을 일으켜 세우는 건 남을 도우면서 생기는 도덕적 품위, 장기적으로 나아질 거라는 측정된 관리력, 마지막으로 명랑함입니다.

의사결정(Decision Making)이란?

지능을 보유한 주체에게 가장 이로운 결과를 가져다줄 여러 행동 가운데 한 가지를 선택하는 능력이다. 의사결정을 위해 존재하는 능력이 바로 지능이다. 더 좋은 의사결정을 하기 위해서는 많은 것들을 학습하면서 건강한 정신을 유지해야 한다.

결론. 핸들링과 페달링의 비율은 20:80으로 유지하자. 1주에 5일을 일한다면, 그중 4일은 페달링에 집중한

다. 남은 1일 동안 핸들링을 통해 계획을 점검한다. 매몰비용은 잊어버려라. 경로를 계속 재설정해라.

Outtro

뭔가를 결정한다는 것은 뭔가를 포기한다는 것이기도 합니다. 우리가 매일같이 좋은 결정만 했다고 착각할 수 있겠지만, 사실 대부분의 결정은 의식의 수면 밑에서 은밀히 이뤄지는데, 그게 바로 루틴의 힘입니다. 좋은 루틴이 탁월한 결정을, 나쁜 루틴이 이상한 결정을 낳습니다. 결정을 잘하려면 루틴이 중요합니다.

루틴을 만들고 유지하려면 ①사회성, ②인지 저하, ③참을성을 회복하는 것이 필요합니다. 치료에는 상당한 시간이 걸리는데, 그렇게 오래 기다리긴 너무나 싫고 지금 당장 이겨내고 싶기 때문입니다. (참을성이 바닥났다는 걸 기억해 주세요.) 그렇기 때문에 앞 글 〈도파민〉에서 ③참을성부터 회복할 수 있는 독서와 영화 감상을 추천했습니다.

②인지 저하는 어떻게 회복할 수 있을까요? 참을성과 연계해서 결과물을 내고, 조금씩 성과를 누적시켜 자기 평가할 수 있는 기회를 가지면 됩니다. 책과 영화를 보고 독후감이나 영화 감상문을 적으세요. 날짜도 함께 적으세요. 칭찬 잘하는 주변 사람과 함께 확인하세요.

①사회성의 회복은 스몰 토크가 중요합니다. 뭔가 대단한 주제로 얘기할 필요 없어요. 스몰 토크에서 사회성이 싹트고 좋은 커뮤니케이션으로 나아갈 수 있습니다. 《말센스》 책을 추천해요. 어떤 역경도 나를 진정 믿어주는 한 사람만 곁에 있어주면 반드시 이길 수 있습니다. 용기를 내세요.

나를 가꾸는 힘: 좋아하는 마음

마지막에 이런 말하면 웃기지만, 제가 정말 싫어하는 주제가 자기계발이에요. 명절 때 듣기 싫은 소리들의 축소판이 바로 자기계발이라고 생각해서요. 저도 천성이 게으른 사람으로 태어난지라…. 하지만 그럼에도 자아를 죽이고 계발하지 않으면 안 됐던 이유는 바로 짝사랑에 대한 열등감 때문이었어요.

〈카드캡터 체리〉에 나오는 신지수의 짝사랑을 동경

했어요. 좋아하는 사람의 곁에서 그의 행복을 지켜보는 사랑 말이에요. 좋아하는 사람이 나를 좋아해 주지 않더라도요. 그의 곁에 서기에 부끄럽지 않은 사람이 되어서, 어깨를 나란히 하고 싶어요. 그런 이유로 자기계발을 하면 이상할까요?

짝사랑 상대와 10년 전에 나눈 채팅이 페이스북 서버에 남아 있음을 발견했어요. 자세히 살펴보니 굉장한 심리전이 코드처럼 숨어 있었죠. 시간이 흘러 알게 된 거지만 우린 서로를 좋아했어요. 하지만 상대의 감정을 확인할 길이 없어 모든 감정을 외면하기로 선택했는데, 그건 상대도 마찬가지였고요. 그렇게 10년이란 시간이 흘렀네요.

제가 오랫동안 좋아했던 분의 직업은 스타일리스트세요. 좋아하는 사람인데도 불구하고 정작 그분에게 스타일링을 하러 간 적은 한번도 없는데요, 제 마음을 들킬까 봐 무서웠어요. 그러다가 5년 전에, 저희 집 인근에 개업을 하셔서 단골이 될 수 있었어요. 우연히 그분도 가까운 곳에 살고 계셨거든요.

어쩌다 보니 짝사랑을 10년이나 했어요. 물론 그렇다고 지고지순한 순애라고 생각하지는 않았어요. 제게 있어서 그 사람은 결코 넘보지 못할 하늘 같은 사람이었어서요. 함께 있으면 제가 항상 초라하게 느껴졌고 그래서 그쪽에서 어떤 호의를 표시하더라도 멋대로 오해하지 않으려고 무척 애를 썼었지요.

좋아한다는 마음은 진즉 포기했지만, 그래도 어깨를 나란히 하고 싶다는 생각은 계속 가지고 있었어요. 혼자서 몰래 좋아하는 건 괜찮다고 스스로를 위로했어요. 실수로 마음을 들키거나 하지만 않으면? 그래서 자신을 가꾸기 위해 계속 노력했어요. 하지만 그때까지도 내면을 가꿀 생각만 가득했네요.

외면을 가꿀 생각까지는 부끄럽게도 하지 못했어요. 짝사랑하는 분께서 그런 저에게 펌과 염색을 몇 번인가 추천해 주셨지만, 번번이 거절했어요. 그랬더니 더는 추천을 하지 않으시더라고요. 그러던 어느날, 중요한 PT를 앞두고 스타일 변신을 해야겠다는 생각이 들었고 실천에 옮겼어요. 그날로 많은 게 바뀌었어요.

외모를 가꾼다는 건, 내면을 가꾸는 것 이상으로 자신감과 용기를 불어넣어 준다는 걸 깨달은 거예요. 평소 외모에 콤플렉스를 가지고 있었는데, 이미지 변화 이후 확장된 자존감이 분명 있었어요. 덕분에 PT에서 좋은 결과를 얻었고, 그날 찍은 사진도 엄청 잘 나왔어요. 외모 가꿈은 그 어떤 자기계발보다 효과적이었어요.

패션이나 헤어도 하나의 페르소나이면서 자기계발이에요. 오직 내면이 진짜라는 편견에 사로잡혀서 스타일링 없이 30년이란 시간을 허비하다니! 인생의 절반을 손해 본 느낌이었어요. 향상된 외면에 대한 기쁜 소감을 나누자 그분도 정말 기뻐해 주셨어요. 그리고 우리는 좀 더 친해질 수 있었죠.

자기계발이란 자신에게 맞는 코드를 하나둘씩 발견해 나가는 과정이라고 생각해요. 펌이 저와 정말 잘 맞는다는 사실을 제가 어떻게 알아냈던가를 떠올려 주세요. 직접 실천해 보기 전까지는 모르는 거예요. 신기할 정도로 잘 맞는 코드들이 어딘가에 분명 있어요. "이건 나와 맞지 않아" 같은 편견과 선입견부터 버려야 해요.

어쩌면 연애는 그런 편견과 선입견을 깨트리는 가장 쉬운 방법인 것 같아요. 보통은 자신의 잘못들을 알지 못하거나, 알더라도 꽁꽁 숨기거든요. 하지만 사랑하는 사람이 알아만 준다면 자신의 부족함을 인정할 수 있을 것 같아져요. 문제를 개선하며 함께 앞으로 나아가는 관계를 만들면, 언제까지나 동행할 수 있을 거예요.

그렇다고 연애에 환상을 품지는 마세요. 고통스러운 점도 많아요. 연애를 통해서 인간은 인간답게 성장하지만, 성장에 고통이 따른다는 점을 기억하면 연애가 얼마나 고통스러운지도 유도됩니다. 잘난 사람과 연애하고 싶어서 잘난 사람과 사귀면, 자괴감과 자격지심이 어떻게 관계를 해치는지 깨닫습니다. 그렇게 발견한 나의 잘못들을 조금씩 인정하는 과정에서, 더 나은 인간이 되는 거죠.

제가 자기계발을 해야겠다고 결심하게 된 경위가 짝사랑 상대와 어깨를 나란히 하고 싶어서였던 것처럼,

여러분도 연애를 통해 잘못을 인정하고 자신을 깨닫는 사람이 되어도 좋겠어요. 한 때의 실수쟁이를 온갖 실천을 통해 사랑스러운 자신으로 가꾸세요. 코드를 찾아내세요. 더 나은 사람이 되세요.

용어 해설

- **애자일 소프트웨어 개발**(Agile Software Development): 애자일의 핵심 사상은 '자기주도적인 팀이 명확하게 정의된 공동 목표를 향해 나아간다'이다. 그리고 공동 목표를 명확하게 정의하는데 '린 스타트업'이 도움이 된다. 애자일이 뭔지 궁금하다면 본문을 계속 읽기 바란다.

- **린 스타트업**(Lean Startup): 일본의 자동차회사, 도요타가 제창한 도요타 생산 시스템(TPS, Toyota Production System)에서 정립된 새로운 개념. IT계열 창업에서 주로 사용하며, 누수되는 비용을 우선적으로 절약하면서, 잘못됐을 수도 있는 시장에 대한 가정을 최대한 빨리 검증하고 회피하는 것을 목표로 한다.

- **DPS**(Damage Per Second): 초당 입힐 수 있는 대미지를 뜻한다. 딜사이클을 재는 가장 좋은 지표.

- **폭딜**(Nuking): 순간적인 화력을 쏟아 부어 한계까지 대미지를 주는 것을 뜻한다. 적을 끝장낼 수 있는 상황, 혹은 위기에 몰려서 자폭특공을 벌일 때만 사용해야 한다.

부록2

찾아보기

ACBD(결정하기 전에 의논하라)
    _38, 187, 199

PREP(Point Reason Example
    Point) _142

강화학습(Reinforcement Learning)
    _131

경계(Boundary) _112

기본값(Default) _79

도파민(Dopamine) _156, 172

동적학습(Dynamic Learning) _73

딜사이클(Deal Cycle) _57

루틴(Routine) _6, 13, 14, 15

메타인지(Metacognition) _105,
    121

보상(Reward) _162

뽀모도로(Pomodoro) _65

스킬트리(Skill Tree) _104

애자일(Agile) _45, 47, 48, 49

열정(Passion) _185

의사결정(Decision Making) _202

이터레이션(Iteration) _24

인지부조화(Cognitive Dissonance)
    _179

자기소개서(Resume) _149

자책(Self-Blame) _97

재능(Gift) _196

진검승부(眞劍勝負) _89

컨셉(Concept) _28, 31

이까짓, 작심삼일

2021년 7월 19일 초판 1쇄 발행
2021년 7월 23일 초판 2쇄 발행

지 은 이 | 폴라피나
펴 낸 이 | 서장혁
책임편집 | 이다은
편   집 | 장진영
디 자 인 | 지완
마 케 팅 | 윤정아, 최은성

펴 낸 곳 | 봄름
주   소 | 서울특별시 마포구 양화로161 케이스퀘어 725호
T E L | 1544-5383
홈페이지 | www.bomlm.com
E-mail | edit@tomato4u.com
등   록 | 2012.1.11.
I S B N | 979-11-90278-79-9 (04810)

봄름은 토마토출판그룹의 브랜드입니다.